胡菊人良友專欄文選

胡菊人 著
葉嘉詠 黎漢傑 主編

胡菊人作品集

胡菊人良友專欄文選

作　　者：胡菊人
編　　者：葉嘉詠、黎漢傑
責任編輯：黎漢傑
編輯助理：黃煒茵、孫希澄、陳芷詠
設計排版：陳先英
法律顧問：陳煦堂 律師

出　　版：初文出版社有限公司
電郵：manuscriptpublish@gmail.com

印　　刷：陽光印刷製本廠

發　　行：香港聯合書刊物流有限公司
香港新界荃灣德士古道220-248號
荃灣工業中心16樓
電話：(852) 2150-2100　傳真：(852) 2407-3062

海外總經銷：貿騰發賣股份有限公司
電話：886-2-82275988　傳真：886-2-82275989
網址：www.namode.com

版　　次：2024年3月初版
國際書號：978-988-70341-8-6
定　　價：港幣118元 新臺幣440元

Published and printed in Hong Kong

香港印刷及出版

目錄

序一

葉嘉詠

「認識」胡菊人先生，始於《小説技巧》。

大學一年級時，我按着課程大綱的參考書目找到《小説技巧》。其中最吸引我的是「心理描寫」一節，那時我才知道意識流不等於內心獨白，還有第一次學習到的小説理論術語，如「神眼」、「鬼眼」等敘事觀點，這些文學知識都讓我大開眼界，也對我現在的教學和研究有莫大的啟發和幫助。後來我唸研究院，專研臺灣文學，除了閱讀作家作品，還因地理之便，在如迷宮般的香港中文學圖書館尋找不同的香港文藝期刊，想要更了解香港與臺灣文學文化的交流情況，其中便包括胡先生編輯的《盤古》。重讀本書〈也説「盤古華年」〉一文，胡先生敘述《盤古》朋友過新年的盛況：作曲、唱歌、編舞、跳舞、對對聯、寫書法等，好一個如花似畫的華年啊，真是令人羨慕！閱讀這本《胡菊人良友專欄文選》的讀者，應該也有如此想法吧。

是的。我從閱讀胡先生作品的讀者身份，繼而成為參與《胡菊人良友專欄文選》的編輯，從遠到近，由以前到現在，這是奇妙新鮮又難能可貴的經驗，在此不得不回顧一下。

事緣是這樣的。去年十二月，初文出版社社長黎漢傑先生跟我說將出版胡菊人先生的文集，這真是天大的喜訊，而他有意找我一同擔任編輯，其實我是有點擔心的，畢竟這是我第一次為香港文壇前輩編輯文集，而且時間有點趕急。幸好，黎社長早已找到一些胡先生刊登在《良友》的文章，有些則是我在香港中文大學圖書館複印的，然後再打字和校對。編務工作算不上繁重，可是十二月需要批改試卷和論文功課，一月便要開學了，我怕來不及，還好我找到負責任又有能力的學生幫忙，過程也很順利，終於同心協力完成此事。

在整理這些文章的時候，我就在細想，究竟可以怎樣挑選和歸納這些種類眾多、主題精彩、論點獨到、技巧豐富的文章呢？我當然不用擔心了，一切由編務經驗充實的黎社長負責，我也好從旁學習，說不定還能再當一回編輯呢！

《胡菊人良友專欄文選》收錄曾刊登在《良友》的文章，全書共分五輯。第一輯「藝文趣談」是我最感興趣的，文字配合繪畫、音樂、書法等藝術形式，就是現在常說的「跨界」，這樣的文章展現了更加開闊的範疇，更加擴展的視野，更加突出的觀點。以〈中國山水畫為什麼有人？〉為例，這確實是其中一篇精煉的示範佳作。文章開宗明義便說：「這個題目看似很傻，但實際是一個博士論文題目」，對的，凡是專注於學問的人，都會不斷發掘問題，解答問題，但能夠做到深入淺出，絕不容易。此外，名詞定義是其中一個難以拿捏的關鍵，但胡先生寫來順理成章：「所謂『人』，必須加個註腳，除了人之外，中國山水畫如果不畫出人來，也多半有『人為』的東西。」這就回應了題目的重點：「人」，而且解說得層次分明，加上我們耳熟能詳的例子為證，如柳宗元〈江雪〉：「千山鳥飛絕，萬徑人蹤滅；孤舟蓑笠翁，獨釣寒江雪」，還有畫作《萬壑松風》，具體例子是令人信服觀點的重要部分，所以結論：「仁者樂山，智者樂水，這是人對大自然的崇敬」，便最自然不過了。

另一輯名為「文字論辯」，這個名字是我建議的。看到這輯文章，我便立即聯想到教文學教寫作教評論教中文的點滴，讀來親切極了。〈幾點忠告〉提到文學評論切忌用「記帳目」方式，也要避免「鸚鵡式」寫法，我也深有同感。有些同學以為引用龐雜資料是學識廣博的表現，忘記了個人意見才是最要緊的；時至今日，AI看似無所不能，但我們都知道，AI無法完全取代每個人的想法和感受。〈「愉快」有沒有「一個」〉、〈美麗的中文變得醜陋了〉等幾篇有關中文的文章，令我想起任教多年「大學中文」歐化語法的教學內容。同學都覺得這類語文專題很實用，就像寫個社交平台的貼文，也需要比較清晰的中文語法。否則，其他人是看不明白，甚至令人產生歧義的。說到文學，〈恢復中文之美感？〉列出「朱自清、胡適、周作人、梁實秋、魯迅」等名家，不也是我在教文學科時指定的閱讀作家嗎？這幾位大師的白話文章當然值得細讀，〈狂人日記〉、〈苦雨〉、〈男人〉、〈女人〉，教了不知多少次了，他們「都是文言文有極深的根柢的」作家，胡先生所言甚是。文言文和白話文同樣重要，不過大部分同學似乎對白話文較感興趣。當然偶有同學感嘆文言對偶的厲害，平仄、押韻、詞性等都相配，古代文人究竟花費了多少功夫和心力寫作！

至於「友朋雜憶」一輯所追思的都是偶像級人物，臺靜農先生、胡適先生、梁漱溟先生、殷海光先生等，文學家、書法家、哲學家、歷史學家，不論是專注某一範疇，還是兼容並包，這些專家學者都是我們畢生學習的對象。「文化再思」和「中西之間」兩輯的內容，我便不在這裏細述了，《良友》是一本怎樣的刊物，我也希望由讀者心領神會。我認為由我來說一定會缺少一點神秘感，讀者在閱讀這本書的時候，自然能發掘其中的趣味、領略其中的生活感悟、細味姿態各異的文學意涵，而且這是屬於我們每個人獨一無二的感受。

最後，很感謝胡菊人先生和胡太太對我的信任，我們沒有直接見過面，但通過文字和黎社長轉寄的訊息，也應當是具有溫度的接觸了。也很感謝黎社長願意找我一同編輯這本書籍，繁重的編務和聯絡工作，都由他安排妥當，甚至是本書的目錄、排版等都由他一手包辦，我只是提供小建議。所以，沒有他的不辭勞苦、東奔西跑，一切不會如此順暢和完滿。

我也要感謝我的學生黃煒茵、孫希澄和陳芷詠。她們在有限時間內幫忙打字和校對，處事井井有條。她們的大學主修科目都不是中文，但同樣對文學懷抱滿腔熱誠，令我的教學生涯倍添美善。

這樣看來，編輯這本書最得益的，就是我了。

序二

黎漢傑

知悉胡菊人先生的大名，始於多年前編周策縱先生的訪談集，裏面收錄了胡先生與周公對談的兩篇訪問稿：〈與周策縱先生論為學方法〉與〈五四的成就，五四的感召〉。當時，就覺得胡先生所關心的議題，方方面面都體現出一個當代知識分子，或者說「文化人」的風範。如果說在當下的後現代社會，人的精神生活變得破碎、零落；那胡先生在訪談中展現的關懷，甚至推而廣之説，一生的文化事業，正正是不斷肯定人類的精神文化，重新建設失卻已久的人文精神。因此，熟悉胡先生的讀者一定留意到，無論是他的文學批評論著如《文學的視野》、《紅樓．水滸與小説藝術》；散文隨筆如《坐井集》、《旅遊閑筆》；甚至是具體探討特定文化問題的作品如《河殤．何傷》、《李約瑟與中國科學》，都有一股浩然之氣，一種不斷追求的「精英主義」（elitism），貫穿字裏行間。而眼前大家看到的這部小書，則仍然可以感受到種情懷的流露。

「吾道一以貫之」

本書分五輯，均選自八、九十年代伍福強先生於香港復刊《良友畫報》時所寫的專欄文章結集，除了延續胡先生以前關注的主題如金庸、《水滸》、《三國》小說藝術的探討；也有回憶、追懷朋友的文章如台灣的臺靜農、大陸的梁漱溟，至於香港的自然包括他最熟悉的友聯人物如趙聰先生（〈憶趙聰先生〉）和緬懷主持《盤古》的美好歲月（〈也說「盤古華年」〉）。可是，如果說要尋找本書的主旋律，則一定是在本書最後兩輯：「文化再思」和「中西之間」。「文化再思」的文章偏重思索傳統與現代之間的關係。可說，是從內看。自民國以還，尤其知識分子，對中國傳統文化是貶多於褒。這種心態自然是始於五四：

> 五四運動當然有其正面的意義。……我們唯一要檢討的，大概就是全面打倒歷史傳統、徹底否定中國文化所帶來的害處。這一種害處所帶來的負面作用，恐怕比五四運動所贏得的正面價值，還要大得多。因為中國文化是我們數千年來屹立於世的主要支柱，是我們全民共識共信共愛之所寄，也是我們每一個人人生價值之所繫，更是我們家庭倫理、交朋接友、家國社會的種種活動的準繩。當我們徹底打倒了中國文化之後，整個民族似乎自然失

落了，四邊空蕩蕩的，似乎再無立足之處。日常行事做人，也似乎喪失了準則。

當西方自二戰後才開始流行「後現代」的理論，其實中國早已在上世紀二十年代就已經掀起了一股類近「後現代」的思潮，對傳統文化去解構、去中心化，將原本在思想層面佔主導地位的儒家，驅趕下台。這樣當然有好處，但胡先生則認為「徹底打倒了中國文化之後」，現在的社會，自有缺失：「日常行事做人，也似乎喪失了準則。」

對傳統文化的再思

因此，可以看到胡先生在這本書談得最多的，就是「日常」的生活。例如他欣羨唐君毅先生曾提及的尊師古風：

唐君毅先生記述當年在成都，他在讀小學時，他的父親受聘為教師，校長來下聘書，親自作揖。早一些時，校長還要當着孔子像，向教員跪拜，表示代表鄉中父老，鄭重將學生託付於先生。成都大成學校校長徐子休，年紀已七十餘歲，亦對他學校少他三四十歲的先生，一樣親自跪拜。後來唐君毅先生於一九二九年自南京回成都教書，校長長他三十歲，送聘書時，亦向他長揖，使他當時大為驚奇。

今日的社會，所謂「老師」的角色不是一個販賣知識的生意人，不要說高高在上的校長，即使是學生，對「老師」亦難免流露出「消費者」的心態：「我是顧客給學費，你是侍應提供服務。」「老師」不過是既輕且賤的打工仔而已。唐君毅先生說的這種風俗也許只是「繁文縟節」，甚或是「一種封建的形式主義，一種權威主義」，但背後重視的其實是教育那份責任感。「日常」瑣事，原來並不尋常。

儒家思想講的正是尋常生活的應對規範，例如胡先生在〈男女授受，為何不親？〉新解「男女授受不親」這句歷來被人詬病的話，原來正是普通男女之間應當遵守的禮節：

> 我的懷疑就出在「援之以手」這四字上，「拿手來拉她」，那就是手與手或手與嫂子身體上的某些部位接觸了。孟子說這是「不得不這樣的」（權），如果不這樣做就是豺狼，救命緊要過一切，……於是我疑問「男女授受、不親」，是說男女之間交受物件，不可以接觸肌膚及身體（那怕穿了厚厚的衣服）。

這樣解釋是否比較合理？譬如即使在今天，你在辦公室拿文件給女同事，無意或有意碰到她的手，也是很不合規矩的，有時對方會大怒，打你一巴掌也說不定，如果你是有意這樣做而對方根本討厭你的話。

男女之間，除了特別情況，日常生活的禮節，無論古今，都是相同的。儒家關注在於具體上雙方交收、傳遞物件的禮節，而不是無限放大，推論男女在任何情況都不能有所接觸。所以，如果按胡先生的說法，「男女授受不親」，確實有理。試想放在今日，即使是同性好友，交受物件也會盡量避免接觸肌膚及身體，更何況是異性呢？

從西方的鏡子回望

當然，要理解自身，最好有一面鏡子，而西方現代文明正好可以用來觀照我們的社會。胡先生在〈即食文明和即食心理〉一文探究香港「即食」的文化，實源於現代人的「飄浮感」、「短暫感」：

好像是世界上什麼事物都是隨時變易的，今天實在不知明天會怎樣。那種「即食」心態在時代曲上之表現，不過是這種普遍現象的一角反映。……

也許我們也可以見到，不少「愛情」也是即食的，婚姻也是，對自己的社會、鄉土、家國，也會「無悔」地隨時要離去。至於對職業之轉換，事業之隨機而變，投資之刻刻轉易，那更是認為一種才能，一種本領了。

文章寫於一九八八年，現在過去了三十多年，單看離婚率一項，就知道香港社會的「即食」心態，是「變本加厲」了。

時代的節奏變得更快，大家只管「即食」，眼裏只有當下，對人、對社會、對環境都缺乏責任感。胡先生在〈地球危機與中華文化〉就以西方社會立論：

在古代當中，希臘和中國都是敬重大自然的，而基督教沒有這種觀念，今日的地球危機乃是人們不敬重大自然的結果。這個說法並沒有錯。

因為在基督教義中，日月星辰山川大地人類動植物，無一不是上帝創造的，上帝乃高據於大自然之上。此與中國思想不同，尤其是道家「天地造化」而創萬物，所以大自然本身就是終極的，其上再沒有上帝。

不過西方近世文明之對大自然的摧殘，那種無所不用其極的殘物、役物手段，與反上帝創造萬物的達爾文進化論不能說沒有大關係。因為「物競天擇、適者生存」的觀念，乃是萬物生存必須適應大自然環境乃至征服環境，否則會被淘汰。於是乃造成對大自然的奴役化。

實際上，放眼現在的華人社會，大多數人都是在利用、奴役大自然，傳統中國文化那種「天人合一」的觀念早就不存在了。周邊的環境，一切都被轉化成可利用的資源，人們考慮的是如何去充分利用、有效開發。這個地球危機，無論中西，都是一樣嚴峻的。

要讓自己變得更好

這種對人與人之間關係的尊重，源自對自身有嚴肅的要求，類近英國文學批評家阿諾德（Matthew Arnold, 1822-1888）所說的：「它（按：指文化）引導我們構想的真正的人類完美，應是人性所有方面都得到發展的和諧的完美，是社會各個部分都得到發展的普遍的完美。」（見阿諾德著；韓敏中譯，《文化與無政府狀態・序言，北京：三聯書店，2002 年，頁

210。）所以，胡先生念茲在茲，例如對古琴要「古」的要求：「琴之愈古，音色會愈透亮。泛音清脆，散音淳厚，按音餘韻不絕。」（〈古琴為什麼要「古」？〉）；由挑剔現代中國人沒有見面的禮儀引申到今日中國的禮失求諸野：「不僅是沒有見面禮，連婚葬嫁娶的儀式，也都是雜亂無章的。」（〈沒有見面禮的中國〉）；堅持朋友之間的界綫：「彼此友情和好，而又容忍和尊重彼此不同的意見和思想，才是君子之交。」如此種種，都是一種精神上——「道」的修煉，對品味的建立，從而讓自己變得更好。

所以，胡先生對文字的要求、文章的標準，並非「為藝術而藝術」（art for art's sake），而是基於那份不斷上下求索的「人文主義」、「人文精神」。因為要行文典雅去清晰表達所思所想，他要求寫作「西而化之」，而不是「西而不化」：

> 以最簡單的兩個字來說，香港年青人的「是」字常是英文式的，「有」字也是英文語法。「港督也有參加了這個會議」，這個「有」字顯然是 have 借過來的，中文本不必要。在動詞和形容詞之前，一般無須「是」字，「她很美麗」而不必「她是很美麗」，「他設計了一套計劃」而不必「他是設計了一套計劃」。這個 is 是胡亂加上去的。
>
> （〈「愉快」有沒有「一個」〉）

「將會準備……」、「會準備……」、「將準備……」、「並會準備……」，都是我認為不合中文語法的句子。因為它們不合事理。「準備」是並未發生的事情，本身已包含了「將來」的意義，「他們準備舉辦一次慶祝會」已經很充足表達，為什麼要加「將」呢？

（〈美麗的中文變得醜陋了〉）

堅持對每一個字認真，體現的是對中文的尊重與責任。胡先生不但討論文字語法問題，更希望建立國人對中文的自信。中文可以與外來語完全相通，翻譯別國文化的種種事物與概念，都遊刃有餘：

你不須要去查字典、不須要去明白那外文原來的字義，你就清清楚楚知道那是甚麼東西，甚至比外文原來還清楚，你說婆婆去買番茄、洋葱、西芹、西生菜…… 那不是文化交流嗎？當這些外來事物來到中國的時候，我們往往以中文給它們定了明確的性。

事實上從西芹到激光、到電腦、到太空穿梭機，在在你都見到中文之優異特性，中國人何必自賤哉！

（〈從西芹到太空穿梭機〉）

西方現代科技發明之多，五十年勝於過去五千年，中文要接受此兩大負荷，卻並無特別困難。光是以「气」或以「金」字為部首的化學元素，中文轉譯就有很多絕妙之作。

我們不要小看這種力量。這不是世界上的語文都能勝任的。譬如日文，它有這麼多音譯外來語，就因為本身語文無法承載而只好取音之故。有人認為中國近代許多西方物事的譯詞都是日本先譯而由國人取襲的，此固不假，但我們取的日譯也是用漢字，亦源於中文之功也。

（〈中文的承載力〉）

外來語翻譯成漢字，絕無問題，更是融入到整個語言的文化系統之中，大家在用漢字來寫這些外來事物，不會覺得有任何突兀。這一點看似普通，但其實並非必然：「像日本那樣大量譯音，變成『外來語』，或像菲律賓那樣，改用英語為『國語』。」

結語

這種始終如一的「人文精神」，引領胡先生寫作不輟並肯定人的精神價值，維護人文世界信守的規範，讀者可以看到本書收錄的文章，大多是夾敘夾議，氣勢充沛，屬於「雄辯」式的風格。行文明白流暢，善於說理，能破也能立，憑藉的就是孟子所說的「浩然之氣」，以文載道；而「道」，對胡先生而言，始終「一以貫之」，從未改變。

藝文趣談

鄭板橋的另一面

鄭板橋在寫給他弟弟的第五封家書中，討論到「藝術」與「事功」的問題。揚州八怪之一的鄭板橋，如今以他的藝術留名，但他卻勸告他的弟弟，不可走藝術之路。

他說：「若王摩詰、趙子昂，不過唐宋兩畫師耳！試看其平生詩文，可曾一句道着民間痛癢？」他又說他自己：「愚兄少而無業，長而無成，老而窮窘，不得已亦借此筆墨為糊口覓食之資，其實可羞可賤。願吾弟發憤自雄，勿蹈乃兄故轍也。」

如今我們以鄭板橋的一字一畫，當為稀世珍寶，在鄭板橋言之，不過是不得已而為之的事，乃可羞可賤的事。足見以狂誕避世的鄭板橋，內心還是以「入世」為第一要義，然因入世而不得，才做這「大隱隱於市」的勾當。

他說若將王摩詰、趙子昂，擺在房玄齡、杜如晦、姚崇、宋璟、韓琦、范仲淹、富弼、歐陽修之間，真不知他們這兩位「畫師」，處於什麼等第，還有何地自容？他所舉的那八人，都是唐宋兩朝的名相；鞠躬盡瘁、冒死直諫、為國為民的人物。以此標準言，只是寫詩作畫、吟風弄月的王維、趙孟頫，自不足以與言。且當會被斥為「漢奸」，因都曾事外敵，殊不光彩。

這封信可見鄭板橋另一面真實的人格，不僅不是「怪物」，直是儒家正統一派人物。他也不是說做人非要做賢相不可，但做人總不能不念及民間疾苦，所以他獨推蘇東坡。他說：「東坡居士刻刻以天地萬物為心，以其餘閑作為枯木竹石，不害也。」

這好像是鄭板橋抹煞藝術的永恆價值，有違現代人的觀點。其實不然，無寧說他認為：藝術家也應該有關心民瘼、會天下蒼生的良知良能。而不應以藝術為幌子，不問人間是非、不辨邪惡正義，作渾噩的藝術匠而自鳴清高。這一類人，如今亦充斥於世。

第5期，1984年11月

人物描寫：答讀者問

有讀者問我，小說人物非常重要，但怎樣描寫人物呢？

我說：難說得很。因為小說人物的描寫千變萬化，不能以一兩句話說得清楚。小說中幾乎處處都出現與人物有關的描寫。

舉個例來說，《紅樓夢》裏有個閑角人物，叫夏金桂的，喜歡啃骨頭，把雞鴨等宰了，肉都送人，骨頭炸焦了自己啃。這就顯出她的性格來。你可以想像廣東話叫「折墮」的那種性格是什麼樣子。

再例如《三國演義》裏，有個叫夏侯惇的，眼睛給人一箭射中，他把箭拔出來，竟連眼睛也帶在箭上，他大叫「父精母血，不可棄也」，把眼睛一口吞下去，又縱馬殺敵。這種描寫，你就可以完全領會到這個夏侯惇是如何的勇猛了。

《三國演義》裏描寫諸葛亮的形象極為突出。「空城計」、「借東風」等等都無不與寫他的性格有關，這是較為明顯的。但有些小小筆墨，也有性格描寫的作用。譬如第八十五回劉備剛死，後主阿斗繼位，劉備已向諸葛亮「託孤」，而魏曹丕兵分五路殺到，上下慌張，偏偏孔明那時不見人。阿斗幾次派人去請他，都稱病不出，如是幾天，都說不知在何處。最後阿斗親自去請他。進了第三重門，見孔明獨倚竹杖，在小池邊觀魚……。（原來他已把怎樣破敵的計策完全想好。）

這「獨倚竹杖，在池邊觀魚」便把一個計慮周詳、料事如神、百萬大軍進攻而意定神閑的「軍師」形象表現出來。同時，也襯托現了阿斗遇事毫無主見的性格。

人物形象突出，如見其人，如聞其聲，決不是由作者直接說出來的，一定是由人物自己「做」出來，我們才能看得見。對同樣的事情，人物也因不同的反應而顯出不同的個性（如上述大軍壓境諸葛亮與阿斗之不同表現），例如吃東西，《水滸傳》講宋江、戴宗與李逵同吃魚湯，宋江只淡淡的嚐了幾口，因為是醃魚做的，戴宗也不想吃。那李逵卻迫不及待，用手撈起魚來連骨都吞了。見宋江、戴宗不吃，便又取過來用手一撈連魚帶「湯」一骨碌吞下去。這種吃相，不是活脫脫的李逵出現了嗎？同時，也襯出宋江、戴宗又如何跟他不同了嗎？

是以小說人物性格描寫很難一下說盡。但凡一言一語、一舉一動、一哭一笑，都有人物性格在其中。金庸筆下的郭靖，他小小年紀攀上高崖學道，勇鬥獵豹救小朋友，他降伏小紅馬……諸般言行，無一不表現其性格。

你要怎樣才能了解一個人物形象是如何塑成的？可追溯你感覺的根源。例如你覺得晴雯有點率性，為什麼？因為曾讀到她「撕扇」，黛玉為什麼悲愁，因為她「葬花」，湘雲為什麼坦、憨，因為她醉臥芍藥裀等等。當然一個人物性格之造成，不是只有一兩件事，而是與小說全過程的所有描寫配成的。這裏不過簡單舉例而已。

人物是小說之靈魂，人物帶動小說的進展，而人物性格注定了故事的結局或悲劇或喜劇之收場。人物性格之描寫，誠然是非常重要的。

第４１期，１９８７年１０月

《水滸》——嗜殺的小說

馬漢茂先生是著名西德漢學家，致力於翻譯中國現代文學作品，紹介於德文讀者。去年和前年來港都曾見面，兩次都提到他要翻譯金庸武俠小說，問我的意見，我便和他閑聊一番，又力稱好主意。

不過翻譯起來卻不是那麼容易，他說諸般武器就很難。其實不止於此，招式、穴道、內功等也不易令西方讀者明白。他認為世上無難事，賽珍珠的《水滸傳》就譯得不錯。但他忽然嘆道：「殺人，呃？太厲害了。」我也承認，為之搖頭。

《水滸傳》胡亂殺人，這評語當然不是我第一次聽到。不過出之於一個外國人之口，我馬上有一感觸，水滸英雄那種殺人法，確是很令西方讀者反感的。就我所讀過的西方文學作品來說，自古希臘及於現代，幾乎沒有一部是這樣「濫殺」、「狠殺」的。我很擔憂因此會給西方讀者一種誤解，中國民族性中有一種「嗜殺」、「殘忍」、「不重視生命」的傾向。何況自《水滸》面世以來，它曾成為禁書之理由乃在於「誨盜」，並不怎樣譴責它殺人的部分。大概以為強盜就是「嗜殺」的吧。

誠然《舊約》聖經也殺人，《三國演義》也殺人，但都不似《水滸》殺得那麼濫又那麼凶，且往往說不出個道理來。

李逵最愛殺人，他以殺人為樂，請看：「李逵正殺得手順，直搶入扈家莊，把扈太公一門老幼盡數殺了，不留一個。」「雖然沒了功勞，也喫我殺得快活。」「今日曉得我歡喜殺人，便不教我去做個先鋒！」李逵這嗜殺的性格，使他這個本來很討人喜歡的人物突然變得令人討厭和瞧不起。

又如：石秀手舉鋼刀「殺人似砍瓜切菜」，張順「拿起廚刀，先殺了虔婆，要殺使喚的時，原來廚刀不甚快」，便把劈柴斧「一斧一個砍殺了」。「杜遷、宋萬去殺梁中書一門良賤。劉唐、楊雄去殺王太守一家老少」。宋江將「曾昇就本處斬首，把曾家一門老少盡數不留」。至於那史進去「李睡蘭家，把虔婆老少，一門大小，碎屍萬段」，董平「殺了程太守一家人口」，那武松殺蔣門神、張都監、張團練三人後，樓上樓下見人就殺，「殺得血濺畫樓、屍橫燈影」，還說「一不做，二不休！殺了一百個也只一死。」他盡數見人就殺，竟說「我方才心滿意足。走了罷休。」

至於其他殺人的方式，飲宴剮心送酒，凌遲、砍胸等的也不必說了。淫婦殺得更慘。

我們中國讀者不當水滸殺人是一回事，因為這是小説家之言，在中國現實生活中並非如此，所以忽略過去了。何況中國儒道釋都尊重生命，而其他文學藝術又人情溫暖。

不過，如果外國讀者一板一眼地讀，以為從中可以了解中國文化，《水滸》這小説又對中國人影響極大，如忠義觀念，便以為這殺人的部分也是代表中國民族性之一斑，這可是不可恕的罪過了。

《水滸》是好小説，但缺點實在不少。如果它能加上一些愛護別人生命的段落以中和嗜殺部分，境界會更高。《水滸》可説「虛誇」忠義而漠視「仁愛」，致命傷也。

第74期，1990年7月

胡適評《三國》不公——論張飛與李逵

前賢胡適之先生，把《三國演義》貶得很低，他舉出的理由之一，是人物寫得不好，特別提出張飛等人為例——

「三國演義在人物的描寫上，手段是最拙劣的……張飛史稱其愛君子，並不是怎樣不知禮的。然而在他的描寫下，卻變成了粗魯無比，竟和水滸中的鐵牛李逵那麼相彷彿的一個人。」

這段話相當不公平，也可以說基本上是錯誤的，因為張飛、李逵雖有相同之處，但仍是十分不同的兩個人。適之先生大概有了定見，所以也不曾「細讀」《三國》。

這兩個人物都寫得好，小說人物能深入人心，在歷史長流中能成為人民生活談佐的一部分，確是不容易的。試問新文學運動以來，數得出三五個小說人物是能達到這個效果的嗎？（反之，金庸先生武俠人物倒有）。

張飛寫得比李逵好得多。這因為張飛不像李逵，他不是單面性的人物。譬如張飛犯了錯有悔恨之心，而李逵犯了錯（如殺扈家莊），被宋公明哥哥責備也還是傻傻的說「殺得快活」。

李逵是沒有「心肝」和「心智」的人，在他的行徑中最令人反感的是為逼朱仝入伙殺了四歲的小衙內，雖曰吳用之計、宋、晁之命，並非犯錯，但他不單絕不手軟，而且近乎嬉戲。這種殺害，稍有心腸的人都是會有一點悔憾和不安的，他沒有。這兩人的對答令人不喜李逵。他說：「小衙內有在這裏。」「你好好抱出來還我。」「小衙內的頭髮兒卻在我頭上。」「小衙內正在何處？」「被我拿些麻藥抹在口裏，直拕出城來，如今睡在林子裏，你請去看……。」他仍像戲耍那樣。

張飛醉酒，打呂布岳丈，被呂布襲了徐州。哥哥關羽責之曰：「你當初要守城時，說甚來？兄長分付你甚來？今日城池又失了，嫂嫂又陷了，如何是好！」（按這是三國難得一見的白話）張飛聞言，也惶恐無地，就要自殺。於是引出劉備「兄弟如手足，夫妻如衣服」這一段讓婦女恨之入骨的話來。

但張飛有羞恥心因此得到證明。

張飛有幾處也是蠻有心思的。喝斷長板橋樹枝縛馬尾以佈疑陣，從孫夫人手中與趙雲奪回阿斗使孫權之計不得逞等。而他與嚴顏之戰既會使間諜計，又會使真假張飛，以至孔明都讚他「張將軍能用謀，皆主公之洪福也。」李逵能嗎？

與張郃之戰更為有趣，以他自己致命的弱點喝酒致勝。張郃閉城不出五十餘日，於是張飛「每日飲酒，飲至大醉，坐在山前辱罵。」玄德反而驚慌，孔明卻笑說要送他成都佳釀，「五十甕作三車裝，送到軍前與張將軍飲。」玄德不懂兄弟之為人，而孔明認定這是張飛「敗張郃之計」。

可見張飛的性格比李逵不知豐富了多少。史稱「飛愛敬君子而不恤小人」，他義釋嚴顏，此善待武君子，而他對文君子龐統之由怒而敬，下席謝罪。對孫乾曰「非公則失一大賢」，怎麼能似胡適先生所說是像李逵那樣的「鐵牛」呢？

第75期，1990年8月

好小說的標準

好小說之標準，本來難定。譬如胡適之先生就認為《三國演義》只是第二流的作品，而《紅樓夢》、《水滸》、《儒林外史》才是第一流的作品。本人與他有完全不同的看法，因為他的標準與我的標準全然不同。

他的標準是《儒林外史》反科舉，因之有進步意義，其次是以白話文寫的，這完全合乎他的脾胃，因之他把《儒林》抬得這樣高。但我認為《儒林》在小說寫作而言根本不入流，在上述四部作品之中應該貶入第三流。因為它毫無小說的藝術性。

我的標準之一是人物的描寫，這《儒林》根本不像話，它的人物都不成型，沒有一個是可以使你留下深刻印象的。反之，《三國演義》的主要人物，卻是永遠活在人們的心中，這是了不起的成就。

第二個標準是，小說的結構是不是前後連貫，有個「組織」在那裏，有個進程。特別是人物和故事，是否都有開頭、發展和結尾，每個主要人物的結局如何，每個情節是怎樣解決的。這一點《儒林》根本沒有，他的人物和故事隨起隨落，一出現之後絕大部分以後就不見了。就像我們在街上看行人，一個個的過去，看過一面，印象模糊，接着就不知所終。這怎能說得上是好小說呢？

反之，這一點《三國》可就厲害了，它恐怕是中國小說中人物和故事最複雜的一部，但其中的無數重要人物，都有交代其結局。而小說的結構又極龐大，寫東漢末年的混亂及三個國家的鬥爭，但幾乎是事事有結、人人有始有終，這只有大才所能為。當然我所遺憾的是為什麼貂蟬這麼重要的人物，到頭來「呂布家小」、「曹操家小」之後就沒有了。

不過，貂蟬是傳說中人物，大概結局無所據就忽略過去了。此外，《三國》不太重視女性人物，亦有以致之。

第三個標準，是小說感人的程度。當然，感人也有各種不同情緒，喜怒哀樂愛惡欲，有人受此情緒感染甚深，有人受彼情緒感受最烈，但大致有一個普遍性。《三國》感人的段落是很多的，但《儒林》一無所有。

這個普遍性是對人物的認同或不認同，寫奸也好寫忠也好，讀者愛憎分明，這雖然是很樸素的忠奸二分觀，但筆下人物能達到使讀者愛他恨他的地步，就是一種大功力。

所謂盪氣迴腸、感人淚下之說，也不過是能直接打動人心而已。為什麼《儒林》沒有這樣的段落？為什麼連稱得上好小說的《水滸》也幾乎沒有？此即可見《三國》之不同凡響處。

胡適批評《三國》關公顯靈有悖情理，這一說就連孔明顯靈也事屬荒誕了。從事理言固然如此。但我認為第一這是民間傳說中已然如此，第二是說故事者要給聽者和讀者一種心理補償。關公之死及諸葛亮之逝確令人們極不願意出現的。於是乃有雖死猶生之說。小說人物寫到要給讀者心理補償，可見感人的程度如何深刻。

第76期，1990年9月

劉關張的性格悲劇

《三國演義》自諸葛亮出山，才真正熱鬧好看起來，而佈置諸葛孔明之出場，也是煞費苦心的，寫小說者值得細味。而《三國》自關羽逝世，其熱鬧氣氛即向下移，因為悲劇接踵而至，雖然情節還是一樣好看。

衡量小說或戲劇之高下，西方有個看法，自希臘悲劇至莎士比亞戲劇，即是其悲劇之造成是由於「性格」還是「命運」。後來自然主義出現，再加上一種「自然悲劇」，認為客觀環境或自然遺傳是不可擺脫的「命運」，與命運悲劇由於「偶然性」而造成有所不同。

這雖然是老生常談的文評標準，但到現在依然有效。特別是對古典作品而非對像「荒謬劇」那種現代作品而言。

若以《水滸》，《儒林》和《三國》比較，在這一個標準上，當然以《三國》為上乘。《三國》中關羽、張飛、劉備之先後去逝，有性格悲劇的因素。他們之死，令讀者唏嘘嘆息，不能自已，感人至深。這因為都與性格中的弱點有關。雖然這已是史有明文，但能寫到如此，已經極不容易。

其中關羽之死是最明顯的，以他之英勇與機智決不應有此死法。然而他失荊州、走麥城、被孫權斬首，完全是由於「驕傲」，連帶也死了關平、王甫、周倉，繼後又累死了張飛、劉備，這驕傲二字，確是人類之大敵。陸遜一語道破，他說：「雲長倚恃英雄，自料無敵，所慮者惟將軍（呂蒙）矣。……」於是呂蒙稱病，又使人以「卑辭讚美關公，以驕其心」，以「無名」小子陸遜帶兵，關公中計而亡。

關公這種個性上的弱點，為諸葛孔明深知，曾用各種方法來想「節制」他的驕氣，卻沒有用。

張飛聞關羽捐軀，個性上的弱點更暴露無遺，他以往醉酒打士兵變本加厲。他由於悲憤痛恨，心智已經失常，個性弱點更如決堤洪水，立下根本不能及時完成的命令，結果報仇不成，反被部下割了首級。照理，他與關羽一樣不應該這樣死法。

同樣，劉備也是死得冤枉，他也一樣變了性，他以前常常自我壓制的個性弱點驟然暴現。由於二弟三弟之橫死，變成了一個暴躁冒進不顧一切的「復仇之神」。從前以理智、謹慎、謙虛、厚重來壓抑人性弱點一夜盡喪。他不聽所有勸告，不再審時度勢，不理剛建立的江山和天下庶民，他手剮回歸的降將，他要殺勸他以大局為重的諫臣，他驕傲起來，輕視陸遜，說「朕用兵老矣（有經驗），豈反不如一黃口孺子耶？」他連營七百里，用兵不再問孔明，說「朕亦頗知兵法，何必只問丞相？」結果復仇不成而大敗，無顏回川（這也是個性弱點），一病不起。

性格悲劇比命運悲劇難寫，因為命運悲劇是陰差陽錯的「偶然性」，而性格悲劇則是人的個性弱點。一個是好彩唔好彩的問題，一個則是「唉！他如果不這樣就好了！」劉關張之死，都令人有這樣的嘆息。雖然他們之死史實已定，但能夠曲盡性格所導致的悲劇，《三國》也算了不起了。胡適先生厚《儒林》、《水滸》而薄《三國》，乃不察此中異同之故。

性格悲劇讓讀者有個警示，且不說教訓，怎樣避免人性中的弱點，以關羽來說要以謹慎克服驕傲，張劉則應以理智壓抑情緒，如能這樣，三國歷史要改寫了！

第77期，1990年10月

中國山水畫為什麼有人？

近來我常在稍閑時想及一個問題：中國山水畫為什麼有人？這個題目看似很傻，但實際是一個博士論文題目。甚至博士論文也未必做得好。這涉及宇宙觀、自然觀和人生哲學；中西哲理的比較；西方風景畫和山水畫的比較；傳統山水畫和現代水墨畫、彩墨畫那些描繪自然景色者的比較；現代生活和古代生活的比較……

一幅純粹描寫風景的西洋畫給我們的感覺怎麼樣？假定其中沒有人。一幅磅礴山川的中國傳統山水畫給我們的感覺又怎麼樣？假定其中有人。一幅現代中國水墨、彩墨自然景色（多半沒有人）給我們的感覺又怎麼樣？天下任何事物都不是絕對的。我不能說西洋風景畫一定沒有人；現代水墨、彩墨山水畫亦必然沒有人。而中國傳統山水畫一定有人。我只可以說中國傳統山水大多數有人，而西洋風景和現代水墨、彩墨自然畫則多半無人。為甚麼會這樣呢？

是不是由於古代人與大自然是合一的，而西洋和中國現代人與大自然是分離的呢？

所謂「人」，必須加個註腳，除了人之外，中國山水畫如果不畫出人來，也多半有「人為」的東西。如茅舍、小橋、漁舟、涼亭、樓閣，或有人所飼養的雞犬馬牛羊之類。都表示有人而人與大自然相和諧。其實，在中國詩詞中也可比擬——

石險天貌分，林交日容缺；
陰澗落春榮，寒巖松下雪。

很美的風景畫，這當中沒有人。但讀者亦可間接領悟這是詩人眼中所見的景色。

千山鳥飛絕，萬徑人蹤滅；
孤舟蓑笠翁，獨釣寒江雪。

這當中有人，給我們的感覺又是甚麼？都是好詩，但前者入心，還是後者入心？

由於思考這個問題，要求說出一些美感享受或者說是美學哲思，我翻看一些畫冊。確是諸多山水畫中都有人，當然我看到的畫很少，為了找有人沒人，我拿了放大鏡去看。李唐那幅《萬壑松風》裏面沒有人，只有小徑，再看王蒙的《青卞隱居圖》，整長條高巍的山石與樹木，也不見有人。但從局部放大圖之中我忽見一人策杖而行，遠處崇山峻嶺後有茅舍數間，既曰隱居，當必有人有屋，但是為什麼人畫得這麼微小呢？在中國山水畫中，雖說人與大自然諧和，但「人」及「人的東西」卻太渺小了。

你說這是繪畫的比例學，當然，但我說這是中國的哲學。人類絕不應抱征服、凌駕山川大地的野心，「人」馭駕「自然」，這是現代西方自達爾文以來的想法，也是古來宗教上帝創造大自然的神話，中國既沒有這種思想，所以畫裏的人都在偉大高昂磅礴山川之中渺小地安然自得。

仁者樂山，智者樂水，這是人對大自然的崇敬。有一幅巨然的《秋山問道圖》更奇怪，千山萬壑、層層疊疊，在其中小茅舍中有小小人，真像嬰兒處在山川巨大的母親懷抱中那樣怡適，這豈是要插把旗的登山人說征服珠穆朗瑪峯所可比擬的！

第88期，1991年9月

金庸的古典白話

讀金庸先生武俠小說，無疑是人生一大享受。他的小說擁有如此眾多的讀者，恐怕是史無前例的。所寫的小說字數，大概也是有史以來第一人。有位蔡東帆先生，寫了十一部中國歷史演義，連民國也寫了，不得不佩服他的魄力，在量上不可謂不多。然而蔡先生的小說並不流行，也很少人知道他的名字。我很為他叫屈，因此也嘗試去讀他的演義，但卻讀不下去。幾年前臺灣遠流出版了《中國歷史演義全集》，收入了他的全部著作，賣出了幾千套，然而不大有人提起蔡東帆先生，相當可惜。

但是，讀者其實很公平，因為讀來沒有趣味當然就不去看它了。這當中涉及寫作技巧的高下，這「小說藝術」本身是姑息不得的。金庸小說讀者如此之多，是因為作者的寫作技巧極高之故。

小說技巧是多面的綜合藝術，但最基本的有兩項，這兩項如果達不到，則其他的若有某種優點（如布局、題旨、節奏、對話等等）也不能使整部小說成為「完美」或「接近完美」的作品。所以寫小說是像雕琢精美璧玉一樣的。

兩項根本條件一是文字，文字不好則一切都破壞了，其二是「說故事的方式」。說（寫）得不好就算設想多麼奇巧、主旨多麼宏大也沒有用。這兩個條件就像一塊璞玉的本質，或像是一個匠人的技藝，如果是低劣的，決不可能創出好作品來。

蔡東帆先生的文字文白相雜，以文言為主，「說故事的方式」又運用得不對，他大量使用「複述語言」，使讀者沒有逼真的現場真人真事的感受，這是用力雖令人佩服但作品不感人的主因。與金庸先生對這兩項基本技巧之掌握完全不可同日而語。

多年來我每看金庸小說改編的電視劇與電影，總覺不夠味道，比讀小說本身的興味差得太遠了。可見文字的「想像之美」往往可以比「映像之美」更要感人。郭靖、黃蓉、小龍女、楊過、喬峯、張無忌等等人物，畫面中的形象遠遠不及文字中的形象。這固然受到演員本身條件的局限，但也是由於原作文字極好之故。

看電視電影的金庸小說，我最不能忍受的是對話，編劇都用了「現代白話」粵語。而金庸小說最值得推崇的地方，便是靈活運用古典白話。一千多萬字能盡量避免採用「現代白話」是極之難能可貴的。

他自己在《射鵰英雄傳》後記中略說過，設法避免太現代化的詞語，如「思考」、「動機」、「問題」、「影響」、「目的」、「廣泛」。「因此」用「是以」，「普通」用「尋常」，「速度」用「快慢」，「現在」用「現今」、「現下」、「目下」、「眼前」、「此刻」、「方今」……。

這因為故事的年代不可能說現代詞，電視上卻好像是杜甫唱譚詠麟那樣的滑稽。我從電視上看到說出「想唔到你令狐冲咁開放」，不得不大笑起來。「開放」二字太摩登。

金庸集古典白話之大成，寫得這樣好，又能盡除古典白話不合時代的詞語，這是很了不起的。

第90期，1991年11月

金庸小說的一大突破

上期說過金庸的古典白話是非凡的成就。然而這是怎樣得來的呢？筆者沒有和查先生談過這個問題。不過可以估量得到，這是日積月累的成果，決不是在寫作時一邊寫一邊想所能做到的。絕大部分是信手而成，最多稍微想一下避免那些現代字眼而已。

這是自少年時候開始，大量閱讀古典文字作品的效益。平話、小說、演義、元曲、詩詞，自然而然浸潤而成。這幾十年來這麼多人寫「新派」武俠小說，無一人有這樣「純淨」的古典白話的修養，我甚至也不能肯定，有沒有後來者能達到此境界的。

所以在每次的文學研討會上，當有聽眾問到金庸武俠小說的價值時，我總是第一句話，文字非常之好，你讀多了自然對你中文有長進。當年胡適先生提倡白話文，就是推崇古典白話，早已有之。現在就由金庸武俠承繼下來了。況且，現代白話有很多是由西語譯過來的，還有不少是由日譯之後借用過來的，怎麼能用來描寫宋元明清時代的語言呢？

很簡單的一個例子，金庸小說怎樣描寫時間，一不小心就會出錯。我不曾查考過其他武俠小說有沒有用「時間」、「鐘點」這類的字眼。但金庸寫時間，是以古典文學所用的那樣，用具體的事物來形容的。如「一炷香」、「一盞茶」、「一頓飯」的功夫之類，也常常用「時辰」兩字。中國甚麼時候有鐘錶，這是個科學上的問題，李約瑟先生曾有很清楚的解說。但即使發明了時鐘，也不是民間所能擁有的，所以都是用陽光、月色、陰暗、雞鳴、更鼓、茶飯香等等來描寫時間，若說時辰，也多半是以這些具體的事象來測斷的。甚至在我少年時候，鄉中蒸年糕，也是以燒香來計算時間的。

不過，金庸武俠小說的一大突破，卻是採用內功。在我少年的時候，所看的「武俠」小說，絕大部分有法術，古典小說如《封神榜》、《三國》、《水滸》亦一樣有法術，飛天遁地、手指一伸喝一聲疾，白光一道，撒豆成兵，無所不能。看起來很有趣，但畢竟太輕易了。法術的最大弊端，就小說和戲劇而言，是可以製造「偶然性」。「偶然性」是下乘的技巧。兩人打鬥，你出法術、我出法術，誰勝誰負、誰生誰死，都可以由作者隨意示之。跟人物和性格、感情之導向悲劇或喜劇可以完全無關。作者可以省很多力氣。尤其是當無法處理人物之間的矛盾糾結之時，用偶然的法術來一了百了。這是不負責任的小說家。

但金庸利用「內力修為」代替了法術，就整個令人耳目一新。內功也可以說是無所不能，但決沒有「偶然性」，反而增加了說服力和可信性。因為「人」的「潛能」據說是無限的。而且金庸小說中人物的內力，都源來有自。既要勤修苦煉，又要有種種機緣，無論得到至寶經文或師父指導，在主要人物之中，大抵只有韋小寶是例外。像虛竹一下得到了七十年的功力，總之都有緣由。如果金庸先生仍然利用法術，而未能如此精妙採用「內力」之秘，就不可能成為武俠小說的一代宗師。

第91期，1991年12月

姜白石的《玉梅令》

姜白石的《玉梅令》，是我常常哼的一首歌。到了冬天，農曆新年前後，尤其想起這首曲。數十年來在香港，老是想在過年時節，供養一枝梅花，或者看看一枝梅花，都不可得。每次去花市，都是失望而回。只好買桃花。

桃花誠是開得燦爛，但不清爽，又無秀氣。比起梅花來，那是低了一格的。買枝桃花開得盛放我也是很高興的，但終以沒見梅花為憾。不知是香港哪位混帳人，說是梅花就代表「倒霉」，「桃花」代表「鴻圖」，從此香港就沒有了梅花的踪影。這使我想到古代有個詩人的兩句詩：「何如萬家縣，不見一枝梅。」指這個縣庸俗，或沒有清拔、俊雅之士。

香港六百萬人，何如不見一枝梅花！其實中文的同音字很多，絕不能以「同音為同義」的。一句混帳話，竟把「國花」在香港毀掉了。

琴曲中有《梅花三弄》，有唱片和錄音帶，又常有演奏，很多人都聽過。這是一首學琴的入門曲，但正像天下優質樂器那樣，像鋼琴和小提琴，入門曲要奏得出境界是很難的。《梅花三弄》十足十地發揮出梅花那種純潔、堅貞、愈是風霜雨雪嚴酷愈開放得精神百倍的品格，幽幽地發出芳香。香港人為什麼要捨棄她！

於是，姜白石《玉梅令》的梅花景象，就令人非常羨慕了：

疏疏雪片，散入溪南苑，春寒鎖舊家亭館。有玉梅幾樹，背立怨東風。高花未吐，暗香已遠。　公來飲客，梅花能勸，花長好願公更健。便揉春為酒，翦雪作新詩。拚一日，繞花千轉。

這首詞有個小故事。作曲的是范成大，但還沒有譜詞。姜白石看到了，范老叫他填詞。他就憑他去拜訪范老所見的亭園梅花待開未開的雪景，寫了這一首詞。可見當時作曲是有譜符號的，不然姜少就不可能一看就填出詞來。

他在序言中取笑了范成大一下。范公老了，怕冷，躲在舊屋子裏不肯出來。因為「春寒鎖舊家亭館」，但有梅花幾株由於東風，還未盡放，卻已透出暗暗幽香。他就以梅花來誘他出來。並祝他長壽健康。

這一老一少相隔一代，但是是好朋友，沒有什麼代溝問題。在姜白石詞中，大多數是悽怨憂鬱的，難得這一首這麼愉情悅意，這是我喜歡的原因。

「背立怨東風」是把梅花當作美人，但我感到最佩服的句子，卻是「揉春為酒」、「剪雪作詩」。多麼現代，多麼有想像力，多麼形象化。

春天，是可以當手巾一樣揉出汁來的嗎？而成為酒。雪花，是可以剪出詩篇來的嗎？在結句中，還繞花千轉盡一日之興。看來范老兄不禁心動了。

香港，為什麼要嫌棄梅花！

第93期，1992年2月

文學就是生活

文學理論家常說，文學就是生活的反映，社會現實的寫照，這句話當然不假。我國自《詩經》以來，即是如此。表現人類的感情思想，本就是世界人類文學的通例。

不過，我們若換一個說法，文學就是生活，或縮窄一點來說，文學就是生活的一部分，那又如何？生活二字太廣泛，衣食住行，工作休息，生兒育女，婚喪嫁娶，都是生活。文學不能是生活的全部，如果個個整日作文章、吟詩詞，豈不是餓死了嗎？

但這裏說「文學就是生活」，是實實在在的生活，是作詩填詞寫散文與日常生活溶在一起。這是中國文學的一大特質，與西方頗有點不同。中國古典詩詞的作者，往往不是為了要做個「詩人」，要作個「詞家」，要成為「散文家」，便寫起詩詞文章來的。這是現代人的想法，但古代人並非這樣。

為什麼王羲之寫了《蘭亭詩序》，令千年百代珍視呢？連唐太宗亦視為至寶，這不過是一次四十一個文人的修褉聚會，大家作詩寫字，而王羲之的字特別寫得好，這其實是一種現實中的生活，一個節日的歡樂。不是為了要作詩人、書法家，才有這些創作。

為什麼李白一次夜間飲宴，寫出「夫天地者，萬物之逆旅，光陰者，百代之過客」的名句，夜間飲宴，也是人生的日常生活，在今天更為頻繁，卻難有這種千古傳誦的作品了。

杜甫《贈衞八處士》，至今讀來多麼感人。我有一次深刻的經驗，現已故世的美國詩人王紅公，他到香港來公開朗誦中國古典詩詞，鍾玲是他的學生，要我來古琴伴奏，在藝術中心舉行，很多美國年青男女來聽，他高興得不得了，問我為什麼來了這麼多人，答以因為我們在西報發了消息。他朗誦《贈衞八處士》，聲情並茂，使人感到即使譯成英文的中國古典詩詞，也是一樣令人感動的，在座的外國年青人也屏息靜氣，看來是產生了共鳴。

杜甫不過是與朋友隔別了二十年，寫出彼此重逢的情景，全是人生實際的生活，故友重逢本是人類的常情。但是就是為此中外同感。

杜甫懷李白，李白念杜甫，也是日常人生的感念。古代不管是什麼事情，飲酒、喝茶、宴會、送別、重逢、客旅、搗衣、月亮、回鄉，父母兒女，春夏秋冬，逢年過節，人間生活中的千態萬貌，都可以成詩作文，好像若非如此便生活得空虛似的。

古人酬答唱和是日常生平事，寫字贈畫，也是生活的一部分，這種傳統至今留傳。在大陸仍然相當普遍，在香港台灣也常有所見，但不若古時之盛。

不論你說是「文學反映生活」或「文學就是生活」，生活與文學的結合總是好事情。因為這是「詩教」、「文學教」，是文化可以在平常人民生活中可以推廣、受到尊重的一個重要因素。

第94期，1992年3月

《紅樓夢》與中國美感

有人認為中國沒有「美學」，如果這是指一套有系統的「美學」理論和原理，那正如其他學問一樣，中國是頗為缺乏的，比不上西方文化。但我們又不得不承認，中國文化當中，有豐富的「美感經驗」和「美感生活」，實實在在的存在着。

舉一部小説，就可以體會到中國的美感生活，是怎樣的多彩。《紅樓夢》，我認為是集中國美感之大成。各種各類之美，都可以在曹雪芹的筆下找到，如見其形，如聞其聲。

《紅樓夢》這部小説，在中國「説部」當中，其藝術成就最高。它的特殊之處，好像是作者特別為中國文化的「美感」，留下不能從時光的消逝中抹去的遺跡。這是在中國的其他小説中找不到的，《三國演義》、《水滸傳》、《西遊記》、《金瓶梅》、《鏡花緣》等等都不會有。《老殘遊記》有一點點，卻哪裏及得上《紅樓夢》之豐富多姿呢？

是否其他作者都志不在此，唯獨曹雪芹是有心刻畫「中國美感」的大小説家？

不過，《紅樓夢》的題旨是「欲望」、是「時間」，而不在「美」。何況，曹雪芹從小説一開始，在「太虛幻境」中盡力把人與物的美描寫得淋漓盡致，但已同時點出都是「虛幻」，又有個「警幻仙子」來提醒。小說最後由「人生美」、「藝術美」、「生活美」、「自然美」進入到佛家的哲學境界。

縱然如此，若我們有耐性細細品賞《紅樓夢》，不得不承認會得到最大的美感享受。就我自己的閱讀紅樓的經驗，光是大觀園的建築美，就值得我們再三讚嘆。

曹雪芹為了讓讀者「看到」大觀園的建築美，費盡心思。最先由賈政帶着寶玉和清客作首次巡視和題名題詩，已經令人拍案叫絕。繼之再由元妃省親又再賞鑑了一次。到了後來，最有趣了，由劉姥姥來鑑賞，證明一個鄉下老嫗也能欣賞到富貴之家的美感，還讓她看到瀟湘館蘅蕪苑裏外的佈設，怡紅院卻讓她醉眼來看那奇妙裝設而鬧笑話。

她的話也挺逗趣：「我們鄉下人到了年下，都上城來買畫兒貼。時常閑了，大家都說，怎麼得也到畫兒上去逛逛。想着那個畫兒也不過是假的，那裏有這個真地方呢？誰知我今兒進這園裏一瞧，竟比那畫兒還強十倍。」

這是對大觀園之美很生動的評讚。但我們也可以說，小說是虛構的故事，怎可以當為事實，代表中國美感呢？說得有理。但又可以說是曹雪芹本人在當時所見的種種事物的綜合，再加上一些想像的反映。像大觀園那樣的園林藝術，在中國的現實世界中並非沒有。再如中國的工藝，戲曲，對聯，畫畫、衣飾，室內裝置，也還是從現實而由作者反映出來。這都在

《紅樓夢》中應有盡有。中國文字之美，也由此書體現。至於作詩填詞，成立詩社，也是中國文人的一種美感生活。如果不說《紅樓夢》是中國美感生活的集大成，也至少可以說是中國精緻文化的美感總匯。

第95期，1992年4月

管平湖與查阜西

世界上有些優美的藝術，好像是埋在深山裏的珍寶，等待着人們去發掘；這一類的珍寶，永遠不會流行於大眾，一旦流行，又顯不出其珍貴了，對我來說，古琴音樂就是這樣的珍寶。

七弦古琴，或許是我太喜歡她了，有一種矛盾的心情，這麼美好的音樂，應該讓她普及化，讓更多的人學習，更多的人欣賞，使她在人間大大的放出異彩，那我就心滿意足了。但是，我又覺得，如果人人都會彈，到處都播放着她的琴音，豈非像是流行歌曲或商品推銷，她就不能使人偶然一遇，覺得驚奇、難得和罕有了。所以我既恨世人不能普遍地去欣賞她，但又樂於世人多不知道她的奧妙，讓她像深居幽谷的絕代佳人，難得一見。

我最先聆聽到古琴，是從唱片開始的。我買回兩張唱片，其中有《平沙落雁》和《梅花三弄》，一聽之下，心裏大叫：「世界上竟有這麼好聽的音樂，那純粹是中國味道的音樂呀！」有點近於說不出來的狂喜。接着我又買了一張《幽蘭》，更加聽得如醉如癡。這些曲子，都是兩個古琴大家管平湖、查阜西所彈奏的。自此，我對這兩位大師，留下了深刻的印象。

這兩位音樂家，早已作古多年，在國樂界以外，世人大多不知道他們發揚古琴音樂，有過怎樣偉大的貢獻；同時，在古琴界以外，就算是音樂界中人，也很少人了解他們在發掘古琴音樂工作上，所花的精神和心力是怎樣的巨大；論到他們的彈奏和演繹，意境之妙，技藝之高，一般人也是不大了然的。我對古琴音樂了解愈多，對他們愈是尊敬。

如果是在日本，他們早就被尊崇為國寶級的「文化材」；如果是在歐洲和美國，他們亦早已成為國人崇敬的人物，也早已蜚聲國際了。中國不僅是一個埋沒人才、糟蹋人才的社會，也是對於那些對國家民族藝術，有過重大貢獻的人物，不加重視和欽仰的民族，至少就對查阜西和管平湖兩位先生而言，我認為是頗為冷淡的。不過，可以斷言，像世界上的大藝術家一樣，他們是不在乎身外之名的，因為古琴藝術就是他們的生命，就是最大的自足；何況，古琴音樂最接近於道家精神，本就自甘於做空谷中的「幽蘭」。

如果要我下個評語的話，就中國數千年歷代音樂家的成就來說，就我們所知道的資料看來，他們是擺在第一流的前列而毫無愧色的。擺在世界器樂大師級的系列中，以他們演奏七弦琴的藝術境界而論，他們也是第一流的。我這樣的比較當然相當主觀，但論到操縱一件樂器之圓熟與妙用，論到對於一首樂曲所演繹之意境的接近完美，我想是可以與世界一流的鋼琴家、小提琴家等等媲美的。

他們還有一個別的器樂演奏家所無的難處，是要經過打譜的工作。古琴曲譜是「減字譜」或「文字譜」，指明了指法和部位，但節奏快慢如何，旋律進行如何，音色或輕或重，段落怎樣連接，全憑自己的體會、摸索和掌握。打一個從未有人現成彈奏過的曲譜，等於賦樂曲以新的生命，若是像《廣陵散》、《幽蘭》這樣的大譜，往往是經年累月甚至是幾年工夫的事情。這樣艱難的工作是別的器樂演奏家所幾乎不會遇到的，我深知這是難於登天的工作，尤其是《幽蘭》與《廣陵散》這兩首千古名曲之能重現於今日，它們已有多少年代失傳啊！想到這一點，就不能不對那些打譜的古琴大師，更加肅然起敬。管平湖與查阜西發揚古琴音樂之功，又豈可輕忽視之。

第107期，1993年4月

古琴為什麼要「古」？

《良友》十一月號刊出七張古琴的正面背面的彩圖，是中大博物館和香港東方陶瓷學會舉辦的《中國漆藝二千年》展覽會所展出的，是明代和兩宋的產物，不能說很古，因為還沒有唐琴。可亦典雅、純麗、斑駁，非常美看，我反覆觀賞了很久。

古琴本稱為琴，向來琴瑟相稱，又叫七弦琴。但古琴是最通行的稱謂。為甚麼要有個「古」字呢？固然是因為這是最古老的樂器之一，比孔子還老了幾個百年，也比《詩經》年長一些吧？但另一個原因是，古琴的年代確是愈老愈好。

倒不完全是像其他古文物一樣，是愈古愈值錢的緣故，儘管也是愈古愈有價值，因為非常罕有。但除了這個原因之外，還因為年代愈久，琴音愈美。

古琴沒有像古箏那樣的廣體共鳴箱，所以聲音不大，並不是不可以加大琴腹，但如此一來，琴音就顯得空洞散渙了。我就見過一張這樣的「改良琴」，體積特大，胸腹特闊，像個大肥佬，聲音雖大了一些，但音色卻了無韻味。

古琴之愈古愈好，秘密就在其中了。因為年代愈久遠，琴面和琴底的木質纖維愈鬆化，就像全身出現了無數毛細孔隙，可以通體透氣一樣，於是，琴面琴底的共震共響，就愈發舒暢了。正因如此，琴之愈古，音色會愈透亮。泛音清脆，散音淳厚，按音餘韻不絕。成為無上珍品。因為到這境界的古琴，整個琴身的木質，已成為一個自然形成的共鳴器，不經人為，乃時光歲月所造就，渾然天成者也。

當然，如果是新製的琴，能找到年代久遠的合適的木材，也可以達到這樣的效果。我就聽說廣州大琴家得到千多二千年的古墓裏的木頭，製成的琴比唐琴的音色更清妙響亮。可惜今天其他製琴者，很難獲得古木材。

古琴歷經數千年，在以前的日子，每年每代都有新琴的製造，同時，亦有不少古代的舊琴流傳下來，如此代代交替，歲月流衍，新的也就變成古的了。所以每朝代的琴家，稍為用心搜羅，不難得到古代的琴，同時又可以買新製的，新舊循環，交替不絕。但是近數十年來，國內所製新琴品質奇劣，又經過文革一役，舊琴不知毀了多少。結果今天要搜購一張百來二百年的古琴，也極為困難。那種新舊替迭的古琴製作傳統，也像其他的精美工藝品一樣，遭逢斷層危機了。

因此，《良友》所刊出的七張古琴，確是珍貴文物。但我奇怪，從圖片上看，這些古琴都應該有很清晰的「斷紋」，卻只見南宋「聲和白雲琴」的斷紋最為明顯，其他的看來若有若無，大概是上了新漆修理而尚未重現的緣故吧。

這是《中國漆藝二千年》的展覽會，想古代漆器一定很多。但古琴的漆卻與別的漆器有一項不易作科學解釋的秘密。就算是一二千年的漆器也不會出現斷紋，唯獨古琴上的漆時間一久就會出現斷紋，而且形狀多樣，繁簡不一，極為美觀。彈琴的人如果找到一張有斷紋的古琴，比中了馬票還要高興，因為總有二三百年以上的歷史了。新琴是不會出現的，除非假造。古琴要古，正就在於有斷紋。

第115期，1993年12月

毛姆的傲慢與偏見

英國的小說家、文評家、劇作家毛姆（S. Maugham），於五十年代出版過一部書，叫《世界最偉大的十部長篇小說》（*The World's Ten Greatest Novels*），他是蜚聲全球的名家，由他來評全世界最偉大的小說，自被認為是「權威」評定，影響很大，以為除他金榜題名的小說以外，餘皆不足矣。

他題名甚麼書呢？有托爾斯泰的《戰爭與和平》、巴爾扎克的《高老頭》、費爾丁的《湯姆．鍾斯》、奧絲汀的《傲慢與偏見》、斯湯達爾的《紅與黑》、勃朗蒂的《咆吼山莊》、福樓拜爾的《波華荔夫人》、狄更斯的《大衞．科波菲爾》、杜斯退也夫斯基的《卡拉馬佐夫兄弟》、麥爾維爾的《白鯨記》。

這些小說，都了不起，為世界各國耳熟能詳，亦為各國人士廣泛閱讀。我對於毛姆評論的眼光和識見，不敢加以輕視，但我有點不滿意，不是因為他所寫的觀點和內容，我覺得不妥，而是對於這個書名，我是大大的不同意。

他所點的十大小說，美國佔一，俄國佔二，法國佔三，英國佔四，這四個國家，就能代表全世界了嗎？就語文而言，只能說是英文、法文、俄文的世界，是西方文化的偉大小說而已；就地域而言，是歐洲及美洲北部，地球上還有其他廣大地域，也是屬於世界的一部分，譬如東方世界，或亞洲世界，算不算在毛姆的眼光所及之內呢？

問題在於，他有沒有對全世界的小說都認識到了，而又有沒有都讀得通，譬如日文的小說、中文的小說，除非你讀過，你才能說我是評論全世界的小說，而把最好的挑出來。譬如選世界小姐，不能是我只認識說俄文的、英文的、法文的，就說這代表全世界，由我選出最美麗的，就是全世界最美的佳麗吧？

除非你說，噢！你說日本嗎？紫式部的《源氏物語》，或其他小說，我讀過，都不能列入「最偉大」之列。中國嗎？也有不少好小說，我知道，《水滸傳》、《三國演義》、《西遊記》、《紅樓夢》，我都涉獵過，都不喜歡，在我的「十大最」之內不及格。

誠然，他有權選誰就選誰，正如他自己所說，他的選擇是武斷的，談論十本最好的世界小說等於在胡說八道。然而他所指的仍然是西方世界，說明如普魯斯特的《往事追憶錄》、塞萬蒂斯的《唐吉訶德》等等其他偉大小說他所以不選的原因，但他並未說他何以沒有把東方及中國的小說包括在內，可見他是把一半的世界當為全世界。客觀而論，《紅樓夢》從藝術技巧到題旨，是絕對可以和他選的「十大最」相匹的。

我認為這個書名取錯了，本來不是甚麼大問題，但我恐怕這代表毛姆的西方文化中心主義，以西方代表全世界。這是近二百年來西方人的通病。因此我對羅素題自己著作為《西方哲學史》而不叫《世界哲學史》，認為正確，最少他知道還有東方哲學，但後十多年出版的，毛姆此作，卻全然不理還有東方，他是否有小說文化的傲慢與偏見呢？他和羅素一樣來過中國，他要見辜鴻銘最初還碰了釘子，約是一九二一年在四川，但三十年後論世界小說卻目無中國。

第160期，1997年9月

略論小說人物

人物是小說的靈魂，有人物才有故事，沒有人物，故事是寫不成的。短篇、中篇的人物少一些，長篇則往往人物眾多。毛姆（Somerset Maugham）說：托爾斯泰的《戰爭與和平》，約摸有五百個人物，個個都有明顯的個性，生動地呈現在讀者面前，是了不起的成就。

這句話也可以移用到《紅樓夢》上來，《紅樓夢》裏的人物數目大概也差不多。據日本學者鹽谷溫在《中國小說概論》一文中說（見鄭振鐸編《中國文學研究》）：紅樓夢裏的人物，總計男子二百三十五人，女子二百十三人，一共是四百四十八人。比《戰爭與和平》也差不太多了。

論到人物個個之性格鮮明，如見其人，活脱脱的映現眼前，無論是貴婦、僮僕、丫環、村婦、小姐、尼姑、倡優、道士、大官、王侯、無賴，賢愚貴賤，莫不在曹雪芹筆下着墨成真。我記得有次宋琪先生來《明報》，當時我正在報上談《紅樓夢》的夏金桂，他在電梯口匆匆對我說：曹雪芹創造了那麼多的動人女性，所有女人的性格形貌都幾乎給他寫盡了，真虧得他最後又再創一個夏金桂出來，與前此一切的女性都不同。真的，曹雪芹好像感到不寫出這樣一位「潑婦」，就未能寫盡天下女性的性情、形態似的，所以晚至七十九回仍補上這麼一個特殊角色。論到塑造人物之高超技巧，曹雪芹比之托爾斯泰，恐怕有過之而無不及。

在中國古典小說中，《三國演義》、《水滸傳》的人物都很多，《三國演義》尤其多，大部分寫得很生動，家傳戶曉，歷久不衰，永遠活在人們的腦海中。不過這兩部小說，寫男性很成功，寫女性卻相對失敗，我想是作者根本就輕視女性之故，因為是着意歌頌男性勇武、機謀的小說。而賤視女性，又以施耐庵的《水滸傳》為甚。

《水滸傳》寫得比較鮮明的女性，竟都是淫婦，如閻婆惜、潘金蓮、潘巧雲，而又都死得很慘，殺死她們的宋江、武松、楊雄，都被逼上梁山做盜賊，可見對不貞女人之深惡痛絕。另有幾個女性則在一〇八將之列，如一丈青扈三娘、母大蟲顧大嫂、母夜叉孫二娘，但她們都已不算是女性，而是男性化的女人了。施耐庵不用心、不善於、不喜歡寫女性人物，無疑是這部膾炙人口的小說的一大缺憾。

每次讀《水滸傳》，我最不滿意的是寫扈三娘下嫁王矮虎的一節。梁山泊英雄剛剛殺了她未來丈夫祝彪及其全家，又殺了她父親一門老幼，把扈家莊所有財產劫去，一把火燒個淨盡，可說是人世間最大的深仇大恨，而宋江叫她與梁山泊的王矮虎結為夫婦，她竟「見宋江義氣深重，推卻不得」，一口答允拜謝。完全不合人情常理，施耐庵簡直不當扈三娘是一個人。

這樣的扈三娘完全是無感情、無思想、無心靈、無性格、無正義、無是非。施耐庵至少應該寫她悲哀、憤怒，甚至試圖自殺，抵死不從，後經無盡勸說，不斷開解，才只好答應。這才比較合乎人性，才令讀者信服。這是施耐庵寫人物的最大一節敗筆，他當女性如無物，便破壞了小說的整體藝術性，實在令人遺憾。於此，便更顯出曹雪芹寫人物的不凡才能。

第161期，1997年10月

金庸小說的三個竊聽情節

本欄在四月號寫過《紅樓夢》的一場偷窺與竊聽，盛稱曹雪芹善於運用敘事觀點。在執筆的時候，我還想到金庸武俠小說也擅長於此一技巧，因為篇幅關係而沒有說。

金庸武俠小說的偷窺與竊聽是不少的，而最令我印象深刻的有三大情節。一是《射鵰英雄傳》三十五回「鐵槍廟中」柯鎮惡竊聽黃蓉向歐陽鋒等人揭破他殺死江南五怪的大秘密。二是《倚天屠龍記》三十二回「冤蒙不白愁欲狂」張無忌、趙敏、宋遠橋等武當四俠，竊聽到陳友諒脅逼宋青書就範，去毒害張三豐和武當諸俠，從而道出宋青書殺害師叔莫聲谷的罪行。三是《笑傲江湖》「復仇」那章，盈盈偷聽林平之對岳靈珊敘述岳不羣如何偷盜「辟邪劍譜」、自宮修習，而林平之又如何復得「劍譜」、同樣練習的全部過程。

這些章節令人讀來興味盎然，而又驚心動魄。都是複述過去的事情，但讀者有如現場親見，作者藉書中人物複述故事的感人之力，我們在《雪山飛狐》早已見之，並不因為複述而稍減其現場感，這是了不起的說故事本領。

這三個情節全是重大的高潮，也是最大的懸疑。「辟邪劍譜」的追搜及其下落，是《笑傲江湖》的大謎。江南五怪之死是《射鵰英雄傳》石破天驚的巨變，郭靖與黃蓉這麼美好的愛情因之決裂。莫聲谷慘死是《倚天屠龍記》武當四俠對張無忌深仇大恨的誤解。三者涉及的冤屈、忠奸、是非，牽連重大，把主要人物的愛惡、恩仇、正邪的關係，可以完全顛倒過來。因此是必須辯正的，是還是，非還非，假還假，真還真，要一一剖白，讀者才能釋然於心。

但是以甚麼時機、場合，以甚麼方式來使真相大白，卻是匠心獨運的事情。在讀者看來，這三場揭露的時間、地點、人物，順理成章、適切合當，所以讀來十分過癮，至此大大鬆了一口氣，因為那些受冤屈、被誤解的人物，終於得到昭雪。

黃蓉身冒生命之險，從隱身之處飄然而出，落入歐陽鋒、楊康等敵陣之中，用她的非凡機智和分析力，揭穿江南五怪的死因，是要讓躲在神像後的柯鎮惡聽到，這個竊聽者的安排，再沒有任何人更合適的了。因為他對五怪之死，鑄成最大的誤會，中了西毒的圈套，而亦只有他可以在明白真相之後向郭靖解釋，郭靖才會信服。我們在讀到這節的時候，確是顧念黃蓉的安危，何不先此當面向柯鎮惡、郭靖說明，何必冒此大險，但正如黃蓉自忖，當面說明他師徒倆是不會相信的。黃蓉此舉，可以說是有以死求真、以死殉愛（郭靖）的精神了。

《倚天屠龍記》中，宋青書與陳友諒的對話，武當四俠及張無忌、趙敏都是竊聽者，莫聲谷被害之謎因此解開。使武當四俠對張無忌之大恨變成了大愛，正像柯鎮惡對黃蓉，在得知真相之後，那種心理和感情的兩極轉變一樣，都使讀者有酷暑下吃冰淇淋似的痛快。至於《笑傲江湖》中盈盈竊聽林平之對岳靈珊說話的一幕，也洗脫了岳靈珊對令狐冲的誤解，令狐冲可謂沉冤得雪。同樣是人心大快。

這些竊聽的場面，都是作者以巧妙的手法設計而成，令人叫絕，似乎非用如此手法，不能有同樣的動人效果。

第162期，1997年11月

《水滸》的「義」在哪裏？

「義」這個字，中國人常常掛在口邊，我們說「禮義」、「正義」、「仗義」、「情義」、「思義」、「俠義」、「仁義」、「忠義」、「道義」、「大義」。又說「義士」、「義軍」、「義勇」、「義師」、「義行」、「義舉」、「義氣」、「義戰」，它是一個「百搭」字，只要不是配上否定性的字眼，如「不」、「忘義」、「負義」、「非義」等，都具有正面的意義。

在中國文學作品中，講義最多的恐怕是《水滸傳》了。僅是在回目上就有「晁天王認義東溪村」、「梁山泊義士尊晁蓋」、「朱仝義釋宋公明」、「施恩義奪快活林」、「錦毛虎義釋宋江」、「白龍廟英雄小聚義」、「三山聚義打青州」、「宋公明義釋雙槍將」，標榜其行為的正義性。上梁山是為了「義」，梁山人馬都叫「義士」，梁山的大堂叫「聚義廳」，到宋江當政改為「忠義堂」。

說來慚愧，我讀《水滸傳》，竟不知道它的「義」究竟在哪裏。也許我讀的不夠仔細，或者是我的悟性不足，總之我看不到甚麼統貫全書的沛然大義，能使我心中感動的。當然我會為林冲被高太尉陷害感到不平，對高衙內之行為深惡痛絕，對魯智深之扶弱鋤強甚為讚賞，對楊志之落難極表同情。我也了解單廷珪對魏定國所説的話：「如今朝廷不明，天下大亂，天子昏昧，奸臣掌權」，是梁山聚義的理由。然而我對梁山英雄的某些行為，總覺得不能算是那麼大義。

我對逼上梁山的兩個案子，至為反感。一個是朱仝，他把犯了殺人罪的雷橫私自放了，被發配滄州坐牢。滄州知府看他一表人才，十分喜歡，便不讓他坐牢，而在官府裏聽候使喚，可見這個「州長」，實在不壞，朱仝本人也十分樂意，有了安身立命之所。「州長」四歲的兒子與朱仝很投緣，常常要他抱着出去玩耍，「州長」亦很高興也很放心。朱仝一個罪犯，至此可謂因禍得福了。

但梁山好漢為了逼朱仝入夥，竟在朱仝帶這小衙內看河燈的時候，由雷橫引開了朱仝，卻由李逵劫持了小衙內往城外樹林中殺了。使朱仝擔不了害死小衙內的干係，逼他上了絕路。試問稚子何辜，手段又何其殘酷。這是宋江等全寨頭頭設計的欺騙和陷害，我實在看不出來這當中有甚麼「義」之可言。

另一個是逼盧俊義的故事，同樣是傷天害理的欺騙和陷害。人家盧員外在北京大名府有家當、有事業、有名望地位。你梁山泊吳用卻假扮算命先生，騙得他離家千里之外避血光之災，又把一首含有「盧俊義反」四字的藏頭反詩寫在壁上，在路途上把他的行李貨物車隊給打劫了。在山上強留款待他數十日，卻偷偷告訴他的管家李固「盧俊義反」的藏頭詩，讓李固有足夠時間回大名府告發，結果累得盧員外回家時給捉將官裏，傾家蕩產，受盡苦楚，一而再的幾乎被害死。

以上兩宗逼上梁山的事件，我認為是「不義」之行，「正義」是不應出之於欺騙和陷害的。因此，我乃有《水滸》的「義」在哪裏的疑問。

第168期，1998年5月

《水滸》應多寫官吏不義

《水滸》的「義」在哪裏？這是我上期提出的問題。我舉出梁山泊英雄以欺騙和陷害的手段，逼朱仝和盧俊義入草為寇的案子，認為是「不義」之行。既然自己都行「不義」了，又怎有充足理由讓人信服水滸英雄是「仗義」和「行義」的呢？

不過，「義」這個字卻有難解之處，究竟甚麼是「義」呢？「義」是「正當」之謂，據《辭海》說：「事之宜；正義。指思想行為符合一定的標準。」《禮記•中庸》說：「義者宜也。」韓愈《原道》說：「行而宜之之謂義。」孟子更叫人「捨生取義」。

但是甚麼才是「宜」？怎樣才算「思想行為符合一定標準」？卻往往因人而異，因黨派不同而有分歧，變成你說你的「義」，我說我的「義」。簡單來說，香港警察崇拜關公，因為關公代表正義。但是黑社會也崇拜關公，有「結義」的兄弟之義，講所謂「江湖義氣」，這且不去說它。就中國政治上來說，黨派鬥得你死我活，勢不兩立。我相信的主義是代表「義」，你要信我的主義才合「宜」（合適的、正當的），對方反過來一樣說自己的主義才合於正義，「義」的標準也就讓人迷糊了。

不過，我認為這人間還是有「義」與「不義」之分的，例如偷盜、欺騙、殺人……就是不義。但是以《水滸傳》來說，卻也不是一個標準。偷盜在梁山泊上是認為不義的，時遷偷了祝家店的報曉雞，而楊雄、石秀三人宰來吃了。楊雄、石秀上山後報告此事，豈料晁蓋大怒，罵道：「俺梁山泊……以忠義為主，全施仁德於民……這廝兩個把梁山泊好漢的名目去偷雞喫，因此連累我等受辱。」下令把他們兩人斬首。把偷盜當為不義之行是多麼嚴厲啊。可是，後來又命令時遷，去偷竊那徐寧的家傳寶甲「賽唐猊」，藉此誘騙他上梁山，去教鉤鐮鎗法，這對梁山而言，卻又是正義的行為了。同樣是偷盜，卻有兩個標準。

至於欺騙，則以盧俊義被騙上山一事，最令我反感。那盧俊義也真愚蠢，竟然對吳用所扮的算命先生所說的話，信到十足，又依他之言把「盧俊義反」的四句詩寫在自家牆上，完全不察覺。反而他夫人、李固、燕青極力勸他，顯得有識見一些。但梁山這樣的欺騙，怎麼都不能說是義行。

說到殺人，梁山好漢絕不眨眼。武松殺盡張都監一家上上下下，連刀都殺得缺了口，說「我方才心滿意足」，其實是濫殺無辜。那李逵更離譜，殺盡扈家莊的人，說是「見着活的便砍了」，「也要喫我殺得快活」，不分青紅皂白，以殺人為樂，那能說得是「義」呢？

我真正想指出的是，《水滸》這部小說寫人物是很精彩的，但是未能把「義」這個題旨深刻化，因此梁山聚義、替天行道便缺少說服力，令人有「義」在哪裏的疑問。如果它能把官吏的殘酷、貪斂、壓逼寫得多一些，人民所受的痛苦表現得多一些，那麼落草為寇才更有理由。官吏無道的描寫不是沒有，但是顯得不足。要呈現梁山英雄的「義」，一定要多寫官吏的「不義」，人民的疾苦，那小說就更充實了。

第169期，1998年6月

人文精神應作人類的指導

許瑞昌先生要出一部嶺南派大師楊善琛先生的畫冊，都是他的藏品。善琛先生叫我寫一篇序，我乃讀了幾種楊大師的畫冊，山水、人物、花鳥、蟲魚、走獸，無一不備，我在這無數神韻生動的畫作中，深深為其背後所蘊藏着的一股巨大精神所感動，我說：「畫家淋漓盡致的表現了中國文化的人文精神。」這種人文精神，是畫家對一山一水、一草一木、一花一葉、一蔬一果、一鳥一魚、一蟲一獸，以及對於人類，有廣大的關切心。藉圖像而表現出來。沒有這種關切心，不可能對人間事物作這麼專心致志的觀察、寫生，從而描繪出來，這筆墨、綫條、顏色、構圖、形象的背後，代表着畫家民胞物與、泛愛萬物的人文精神。

因此，人文精神不僅是哲學的、學術的、思想的抽象觀念，而且亦是具像的、具體的，如表現於藝術。美感，是人文精神的體現之一，美感的經驗，在藝術創作者自然有之，藝術觀賞者亦有之，這是美感經驗的交融。同樣的道理，當我們面對大自然，這是天地造化的藝術，我們對陽光、月色、小溪、大江、大山、大海、花草樹木、飛鳥走獸，所引發的美感，亦是人文精神的體現。我們會對之讚美，對之感恩，從而會對之關切和愛護。從這來看，環保的行動，是人文精神的發揚，而破壞大自然，則是違反人文精神的惡行。

人文精神是做人的學問，人之所以為人，在美感經驗之外，還有善性，愛護大自然既是美感的、亦是善性的。如果我們能愛護大自然，就決不可能不愛護人類，如果我們能愛護人類，亦決不可能不愛護大自然，民胞物與的真義在此。

所謂真、善、美，雖然已是濫調，但是仍是人生的最高價值，三者其實是合一的，不可能有真而無善，有善而無美，有美而無真。藝術的最高境界是真善美三者的結合，人生的最高境界亦然。這當然很難達到，但是只要不是走了反方向，有不真、不善、不美的行為也就很好了。

其實，真善美就是人文精神的體現，是三者的統合精神。美感是一種人文經驗，善性也是一種人文經驗，在人類所有的文化建樹中，都是美感與善性的實現。至於真呢？應該亦是如此。如果我們把科學技術的創造與發明，當為代表真的話，也不可能是不美不善的，假定是反美反善的科技，我們又要它何用？

但是事實上科技已經出現了非美非善的情況，譬如核子武器、生化武器的發明，有何善與美可言？它們代表大量殺戮與毀滅，所以要禁止和消滅了。因此我認為，科學技術的發展，應該以人文精神作指導。即是，在作某種科技的發明前，要問問對人類是好的還是壞的，好的就去做，壞的就絕不去做，這就是人文精神對人類與萬物的關切感。

中國文化，是特別着重人文精神的文化，無論儒家、道家、佛家，都是環繞着以人為本位來看待人類、萬物、大自然和宇宙的。因此，中國的人文精神，不失其時代意義，而且應該發揚光大。人文精神，不管是西方的、中國的，應作為二十一世紀的指導思想。

第173期，1998年11月

文字論辯

從西芹到太空穿梭機

在近世中西文化的廣泛接觸中，文字語言是先鋒部隊。首先是了解對方的語言文字，把我們原來沒有的東西，迻譯到中文裏來，是為溝通的第一步。自明代耶穌會教士東來，這種迻譯工作已有幾百年之久。不過在最近百年間，則是最頻密最廣泛的文字迻譯的時代，這對中文之是否有效、是否有功力，是一個最重大的挑戰。

挑戰也者就是，如果中文是沒有現代實效的語文，如果中文是字源字義貧弱不足的語文，如果中文是在詞義上極少可以代用的語文，則不能接受這個重大的挑戰，而只有像日本那樣大量譯音，變成「外來語」，或像菲律賓那樣，改用英語為「國語」。

但是我想來想去，審來度去，發現中文之以外語翻譯成中文之後，沒有甚麼地方是不能相通的。說是無法以方塊字來表其字義，因之只可以譯音者實在少之又少。我們絕對不能小覷這個現象，世界上很多民族和文化，就沒有這個功力達至這種文字效果。

從你到街市買菜到最尖端的科學儀器室，在在都可以見到這種迻譯之奇妙。問題是你不須要去查字典、不須要去明白那外文原來的字義，你就清清楚楚知道那是甚麼東西，甚至比外文原來還清楚，你說婆婆去買番茄、洋葱、西芹、西生菜……那不是文化交流嗎？當這些外來事物來到中國的時候，我們往往以中文給它們定了明確的性。

茄、葱、芹、生菜，我們是原有的，不過跟我們原有的不同，所以把它們都冠以「番」、「洋」、「西」字，在空間的出產地定了位。同時這有類於中國原有的葱等東西，其性質便也定了性。又同時，以「草花頭」之類別，使我們一看便知是植物。你請翻翻外文字典，把那幾個英文字找出來，是不是有中文那麼方便：一看就知道這是甚麼性質的東西。

中國原來沒有類同的字眼、或原來未發現這些東西的，我們也有更方便的辦法，例如以化學元素來說，請你把一個美國中學生和一個中國中學生，共同來記誦那些甚麼元素，儘保中國人方便得多。那些甚麼「氬、氧、氫、氰、氯、氮」等等字，美國生只好死記硬記，它們原都有「字根」、「字源」，或出自希臘、拉丁、法文等等，但學習者根本無從在字面上追認；同時，它們 Argon、Cyanogen、Nitrogen、Hydrogen、Oxygen 等等，根本就無從知道那些本來都屬氣體一類。因此譯成中文比原文更清楚明白，誰說中文是落伍的文字！

事實上從西芹到激光、到電腦、到太空穿梭機，在在你都見到中文之優異特性，中國人何必自賤哉！

第19期，1985年12月

有寸導與無寸道

做了二、三十年的文字工作，而且又一直當校對和編輯，我對文字是很敏感的。一有不大通順的句子，或者是用字混淆，我只要看得到，就非要把它改正過來不可。如果有時候覺得勉強也可通過，一時不那麼嚴謹，算了，事後也會覺得渾身不自在。

幾個月前查良鏞先生和我在諮委開會，討論新聞自由九七後的保障時，在會前閑聊中，諮委秘書處有位張先生就問：究竟「報道」是用「報導」還是「報道」？查先生和我差不多同聲而出：「是用那個下面沒有『寸』字的道。」

古人造字總有個意思在裏面。「導」字下面有「寸」表示「分寸」，亦即是「尺度」，所以「導」與「道」的最大分別，便是一者有「寸」一者無「寸」。

關於「道」與「導」的區分，有個歷史小故事很可以在此一說。《五代史》馮道傳註：「馮道當時為中書令（等同宰相），有一位參加科舉考試的人來拜謁，這人叫李導。馮道和他開玩笑說，老夫的名字叫道，已經很久了，而且我一直做宰相，你不可能不知道呀！你居然亦取名叫導，怎算合禮法呢？」豈料那小子居然頂抗說：「相公是無寸底道字，小子是有寸底導字，為什麼不可以呢？」

這話本已經得罪了宰相大人，因為暗示了他做人無分寸。但馮道答得更妙，笑着說：「老夫不但名字無寸，做任何事亦無寸，你這小子真的是我的知己。」一點也不惱怒。

這種問答居然也為史書記下來，原因是它能充份說明馮道這個人的人格。馮道這個人是為歷代士人所不恥的。他無氣節，他「事四姓、相六帝，視喪君亡國不屑意」。也就是有奶便是娘，誰當權他就捧誰，但求做官。連侵略自己國家的契丹，他也一樣去當官。這種本領，郭沫若亦不能和他「縱比橫比」。用中國現代史來說，也就是他能連續做一品大官，從慈禧太后、孫中山、段祺瑞、蔣介石、日本偽政府、毛澤東……都能侍候。漢奸也一樣照做。

這就是他「無寸」底道的最好解釋了。再說一次，「無寸」就是無分寸、無原則（不是哲學的道或道路的道的解釋）。馮道自號「長樂老」，為了「長樂」（有利益、有官做、有權勢）也就完全不講道德了。范文瀾在《中國通史》對他有深刻的評價。

我們說這個小故事，本意是要說明，新聞報道的「道」字，應該是無寸的。因為「導」字有「寸」，所以它應該用在「指導」、「領導」、「導引」、「主導」等詞上面。「寸」就是用一些先定基本規限、命令、原則、標準，去「導向」做某些事情。有了這種認識，明白到古人造字的本意，我們才能確定報道的「道」應該是無「寸」的。

何況，「道」字就是說話的意思呀。小說中某某道，就是向人說些話，而報道雖然也可用筆來寫，但也是說話的一種。所以新聞報道的無「寸」是對的。

新聞報導一旦有了「分寸」，亦即是有人以某種「尺度」來指導我們如何去報告新聞了。在講新聞自由的今天，記者編輯一定示威抗議：千萬別給我們加「寸」呀！

因此馮道做人「無寸」我們反對，但新聞報道有「寸」我們也不贊成。

第44期，1988年1月

幾點忠告

做過幾屆「開卷有益」徵文的評判，頗有一點感想。這個感想，主要是怎樣評論一部作品的問題；或者說怎樣寫好一篇「書評」、寫好一篇「讀書報告」的問題。

以我讀這些徵文的經驗，我想提出幾點忠告。

第一個忠告，是切忌用「記賬目」方式。什麼是記賬目方式呢？就是一條條的順序而寫。譬如說一、題材；二、內容；三、人物；四、結語……之類的寫法。這樣的寫法，為什麼不好呢？因為你不成為一篇「完整」的文章，你這篇東西斷斷續續，有支離破碎之感。而評判看來，也感到太單調和不耐煩。

第二個忠告，是避免用「鸚鵡式」寫法，所謂「鸚鵡學舌」，不過是人家說過的話而已。不少人寫「讀書報告」（或書評），就是如此。他們複述這本書的內容，好像是要表示他確實讀過這部書了。但是這有什麼意思呢？不論是一部小說、詩集、散文或論文集，一部戲劇，它們的整個內容已經在那裏，你再複述其內容，那等於抄書，雖然是用 indirect 的寫法，我們也覺得只是「重述」一遍，就看不到徵文作者的面目了。如果非要重述不可，也只應以非常簡潔的筆墨，而不應佔一半或大半以上的篇幅。更有甚的是，用 direct 方式大段大段引述原文，然後以幾句話來感嘆一番。這雖然節省氣力，但也不是一篇渾然自成的文章。

「鸚鵡式」寫法也還有一個問題，便是引述第三者的評論過多。但凡較有名氣的作品，多半是有人評論過的，如果你頻頻引述別人的論點，一樣是拾人牙縫裏的東西，就把自己淹沒了。

為了避免這些忌犯，那麼應該怎麼做呢？

我認為首先是要求自己對某一部書「消化」的程度，要相當徹底。這對年青人是比較困難的。針對以上第一、二點的忌犯，其實可以用一句話來概括，就是他們讀書只懂得用「近距離鏡頭」，而不能用中距離鏡頭或遠距離鏡頭。大抵是年輕人震於這部作品及其作者的名氣，有種誠惶誠恐的態度，決不敢俯而視之、遠而察之，於是只站在低頭膜拜的態度來「拜讀」，但求能了解而道出欽佩之情就心滿意足了。

與書本站得太近，便只能入乎其內，而不能出乎其外：只見一角而不能見全局。所以我建議讀一部作品，在近距離「精讀」（此時應該每處有所得即作旁批、眉批的筆記）之後，便合上書本，回想一遍，此時已拉遠距離。若果能參考別人的評論，再冷靜客觀地思索一番，又再拉遠了距離。若果自己是比較知識較多的話，也還可以將此書所述內容與時代背景、社會環境比較一下，譬如說《圍城》這部小說就可以反映當時的時代、社會和知識分子的心態。如果這樣多拉幾次距離之後，你又再讀原著一遍，你的消化力和綜合力就強得多了。如果能這樣，也許你就能窺見這部書的全豹，能說出這部作品的優點和缺點，能了解它與時代、社會、人心是否吻合。

那麼你這時候怎麼寫呢？在行文上，你應該用一種統攝溶合的力量，把你的感想、觀點和讀書時的經驗寫出來。寫出自己周流多遍的真實感受，文章就會比較親切和完整。因為這部書已入了你的心。記得你是在「編織」成一件衫，而不是一條條綫的排比。

你不要害怕說「我喜歡或不喜歡」，「它那處好和那處壞」，只要你能說出道理來。即使你讀魯迅作品，你身為讀者，也有權利說出自己的看法的。

第47期，1988年4月

也談「求絃若渴」

梁寶耳兄在《信報》寫過一篇「求弦若渴」。弦者，古琴上之弦綫也。梁兄有感於韓國箏用絲弦，音色特別古雅沉醇，中國箏用鋼絲則沒有這種韻味。他又在一本內地雜誌上，讀到一位本港老人家製弦專家的投書，呼籲「救救琴弦」，因為琴弦的製造已經失傳了，琴弦沒有了。對於近年內地古琴家多用尼龍包鋼綫的「弦」，感到甚不以為然。

這是國內外彈七弦古琴的人，普遍共有的焦急與憂慮。「求弦若渴」已經許多年了。兩年前，盧燕小姐在市政局的酒會上就問我，怎樣買得到琴弦，我說有是有，但是不好呀！好琴弦多年來已經絕跡。

有一位琴友郭茂基（比利時人），十年前在大陸就到處找琴弦，追尋那些老字號。結果都失傳了，或者不做了。他帶回來它們的過去的舊招紙，上面寫得隆而重之，但是沒有弦呀。有間「今虞琴絃」（蘇州裕庭製弦社、桃花塢韓衙莊七十三號），這樣寫道：

「琴弦以北宋李世英氏為最著，相傳至清嘉慶初年李德孚。歿後無嗣，乃推杭州沈氏軼先。惜其子不承舊業，以致失傳。後惟紹興魯氏一家。魯氏與沈氏同學於李氏之門，沈氏有出藍之譽。而魯氏則不及焉。但尚可勉供應用。自抗戰後，魯氏絃人不知去向，操縵家（即彈琴的人）憂之。余乃商於絃工方君裕庭。出各種舊絃，細為分析。再參考前人記載之方法，精密研究。歷時三稔，經數百次之試驗，始獲相當成績，爰特廣為練製，以公同好。庶幾北宋李氏之絃，復見於今日。是則方君努力之功，殆不可沒焉。」（甲申仲春虞山蕭聲琴韻室主景略吳韜識。）

吳景略先生是大琴家，他記載為了使北宋李氏絃藝不致失傳之種種努力經過，那些抗戰後所製的琴絃想必也是非常好的，否則就不會得到大琴家的賞識。但是後來也就沒有了。這沒有的原因當然很多，我想一是「手工業改造」，使祖傳家庭手工業「私有化」不再存在，二是文化大革命。這兩種影響對於中國傳統各種工藝之降質，當然不僅是琴絃一種了。

一九七八年我回鄉省親途經廣州，獲廣州「文聯」接待，得見嶺南大琴家楊新倫先生。他事先知我彈古琴，帶了兩副琴絃來。大家開會閑談，分別之時，他把我拉到一旁，說送你兩套琴絃，我真的大喜過望，如獲寶貝，難得的是我們是在公開場合第一次見面。他匆匆補了兩句：那是他在十多年前，有年發現生產了一批好絲，於是特別申請得到一些，用來製琴絃。

回港後我馬上上絃試彈，果然是好，各絃音色又純又響，散、實、泛三音皆在，吟揉滑淨，雜音極少，而第七絃可上高一兩音位。如今十年，有數絃仍可使用。我真的是十年來無時無刻不在感謝楊老前輩。

可見製琴絃一定要上上質好絲。可惜啊！現在好絲沒有，好琴絃沒有，連製絃術、製絃人都恐怕要後繼無從了。

第50期，1988年7月

步石人兄說「閑」

石人梁小中兄為「豐盛人生．百家聯寫」而作的短文，乃上佳之作。他提出人生要「忙亦豐盛，閑亦豐盛」的警語。

他引清人張潮《幽夢影》說：「人莫樂於閑，非無所事事之謂也。閑則能讀書，閑則能遊名勝，閑則能交益友，閑則能飲酒，閑則能著書，天下之樂，孰大於是？」

石人兄說：「我渴望的就是這種『閑』。」——天下間，誰又不願有這種「閑」呢？

英哲羅素有篇散文叫《閑散讚》。閑散二字的原文是 idleness，其實應譯為「懶散」才對。不過，「閑散」與「懶散」其實也只是一綫之隔。而羅素的中心思想，與張潮、石人其實並無二致。所謂「讀書、交友、遊名勝、著書」，就是各種「文化活動」，而文化創造，恐怕古往今來、中外東西，也大多數是從閑散中得來的。

從中外故事中，我得到一點靈感，好像是若干偉大的發明，都是從閑散中而誕生。例如阿基米德的故事，他想出測量皇冠純金質量的方法，就是在洗澡時靈機一動。而他後來被羅馬兵一矛刺死，不過是他閑散之極，在地上畫幾何圓圈，叫士兵不要踐踏，你想他那當下，是像我們上班那樣的心情嗎？他的故事，與住在圓桶裏的戴奧真尼士，亞歷山大帝問他要什麼？他說你不要擋住我的陽光，有異曲同工之妙。一是閑散，一是懶散。一是要求頭腦的自由，一是心靈的自由。

我讀《後漢書．蔡倫傳》，有這幾句話：「每至休沐，閉門絕賓，暴體於野。」引起我很大的興趣。第一我問古代有沒有假期。看這說法，好像也是有的。做官的似乎有「休沐日」，每十日一次。這當然比我們從耶穌上帝來的假期要少得多了。但仍有休假日的洗澡。然而第二我問為什麼絕不見客，同時又要在曠野曬太陽？這大概就是他感到最閑適的時刻，我很懷疑，他那影響及於全世界的紙的發明，就是在這種優閑的曬太陽的心情下想出來的。

與牛頓百無聊賴在園中冥想，見蘋果墜地而發明了他的萬有引力定律，世界上的文學家、藝術家也一樣，是在閑中而有創造的吧？我們聽到太多的故事，什麼某某作曲家在月光下散步，在森林中倘佯，在溪流邊看見鱒魚跳躍，而創作了不朽的樂曲。是以，人而無閑，何來文化？

在中國古典詩詞就更是如此了。從遊山玩水、飲酒作樂、閨中幽思、月夜懷親……的閑適狀態中，創造了多少佳作？文學藝術似乎與閑散是孿生，那有像我們在報上，寫稿如趕集那樣的呢？古希臘最乾脆，他們有人說勞役讓奴隸去做，我們做文化！

現代都市人其實很幸福，假期極多，絕非十日只有一次洗澡日，然而我們利用不工作的時刻，也還是那麼忙忙躁躁，勿論是旅遊、打牌、賭馬、飲宴、喝茶，諸般活動，也還是像猴子般的性急。我們的假期愈多，愈不懂得玩賞閑暇，也許這就是我們今天太多「即食文化」的原因吧。

第56期，1989年1月

中文的承載力

對於中文，或說是漢字，我年歲愈長，就對它愈加喜愛。這不是因為年齡愈大就愈趨保守戀舊的原因吧。毋寧說是你對它認識更多了，掌握它的能力增加了，對它的優點、美感有了更深的領略。

這就像是我們對於每種藝事一樣的。譬如彈琴，初學時手指不聽話，左右手同時進行不同的動作，右手四指前後往復彈撥，左手四指上下按捏吟揉，動作相反，不免互相扞格，左支右絀，自然不會生喜愛之心，反而有重負之嘆。然而當你愈練愈有進境，日積月累，千遍萬遍之後，自必有到了身琴如一的一天，那時你就會愈來愈喜愛它了。

自問對於中文，縱然掌馭略有進境，但不能到「心文如一」的地步，文字之難，難於練琴等藝事多矣。但我已釋初學寫文章時的重負，雖不至得心應手，對於中文卻是喜愛至於無極了。

在無限的美的欣賞（如讀詩詞、小品、小說）之餘，再從文化上看，我又見出中文有無窮的潛力。我試問一個問題，自西方文化東進以來，在中國所有的文化諸領域中，什麼領域接受的挑戰最大呢？其實就是中文。

西方文化的東來，無論是哲學、宗教、思想、政治、社會、經濟、科學、技術、繪畫、文學、舞蹈、音樂，千門百類，各要回應這些挑戰；可是任何方面的挑戰，都要由中文來打第一仗。

這因為所有西方的東西，都要先由中文來轉譯。新名詞、新觀念、新思想、新元素、新發明、西方文學藝術科技，都要以相應的合適中文來承載之。中文有沒有這種巨大的承載力呢？

我說，有之至，而且力量綽綽有餘，簡直是有點舉重若輕、確實是，我們在傳譯西方的東西時，並沒有什麼是不可能用中文漢字表達的。而且表達還往往能恰如其分。

中文一方面要接受西方古代、近世文明的挑戰，一一要傳譯過來；另一方面要接受現代西方文明的挑戰，新名詞、新觀念、新發明簡直多如天上繁星，西方現代科技發明之多，五十年勝於過去五千年，中文要接受此兩大負荷，卻並無特別困難。光是以「气」或以「金」字為部首的化學元素，中文轉譯就有很多絕妙之作。

我們不要小看這種力量。這不是世界上的語文都能勝任的。譬如日文，它有這麼多音譯外來語，就因為本身語文無法承載而只好取音之故。有人認為中國近代許多西方物事的譯詞都是日本先譯而由國人取襲的，此固不假，但我們取的日譯也是用漢字，亦源於中文之功也。

中國近代否定中國文化，連中文也鄙棄之，維護中文就是保守，拉丁化就是進步，這是無知謬見。越南否棄漢字而拉丁化，也不見有什麼進步。中國如將漢字拉丁化，無異是文化自殺。我們看歷經百年，中文勇敢地、盡責地而且成功地完成了承載外來文明的巨大任務，它的潛力真是偉大得很。

第58期，1989年3月

文字·歷史·文化

黃維樑兄對拙文《中文的承載力》的觀點，深有同感。既有「知音」的反應，因此就想再寫一點意見。

中國數千年歷史中，西方文化的輸入，我們要把完全「異質」的文化，以中文譯載過來，我認為還不是漢字最困難的挑戰。反之，漢字的第一次發揮它最大的承載力，則是佛教的傳入。因為佛理玄妙深奧，難譯得很。

我不懂佛學，也沒有認真讀過佛教經典著作。但佛經典籍浩繁，而其中諸多名詞和哲理，對中國又是完全陌生的。因之在譯佛經時不得不有若干音譯，亦即無法將其原義以漢字直接表達。不過，中文還是完成了這一最艱巨的承載工作。我們相信，世界上其他「高級」的文字，譯起佛經來恐怕也有一定的困難，也許還更困難。而中國是全世界翻譯佛經最豐富的國家，已成為中國文化的一部分。後來還創造了禪宗。

考驗一種文字的承載力，當然是看它文字之豐富或貧乏。漢字算得是一種字數豐富的語文，如今新編《康熙字典》說是收四萬九千字。但中文綴字成詞，恐怕「詞語」要多數十倍至百倍吧！你查《辭源》，光是一個「金」字，就包括過百條的「名詞」。這應該說是漢字能發揮最大承載力的能量原因之一。

不過，文字承載力之大小，其實主要是看它的文化和歷史。中國歷史是長遠的，文化又沒有中斷。因之文字和文詞的積累愈來愈豐裕。漢代許慎《說文解字》才收九千三百五十三字，其中還有一千多重複的，但到宋代司馬光等修編，收字已達三萬一千三百一十九字之多。

文字表現宇宙間萬事萬物，也表現人的思想和感情，也表現習俗、禮儀、生活習慣，政治社會經濟等活動和制度……由於中國文化極為豐富，人民生活也多樣繁殊，歷時既久，文化的積累也就愈多，而愈需要創造新文字、新詞語來表述之。光以韻詩而言，詩經、楚辭、漢賦、樂府、歌行、律詩、宋詞等等，就要有不同的詞文來表達。從大量的詩詞和文學作品如小說、戲劇，其中所表達的人類生活和感情，極之細膩和繁茂多姿，一部《紅樓夢》已見其極致。因此翻譯外國文學作品，中文並無大困難。

今年是法國大革命二百周年，我們怎樣把它傳遍世界的法語口號轉為中文？「自由」（「送客逢春可自由」，杜甫）、「平等」（佛家語「眾生平等」）、「博愛」（「博愛之謂仁」，韓愈《原道》）。我不是說這些中文原來的名詞，與這些原法語的意義完全一樣，僅是表示當中文轉譯過來時，多麼順當。

又如「共和」，如果我們從狹義來了解是「沒有皇帝統治」的話，則用這中國數千年前已出現的名詞也頗恰當。

因此，中文的承載力實與中國歷史文化之長遠和繁富，有很重要的關係。自「五四」以來，貶抑中文為落後語文的觀點很多，甚至要加以廢棄而拼音化，實在是輕佻膚淺的看法。

第60期，1989年5月

話說「終極關懷」

「終極關懷」，這個詞包容太大了。它所包涵的意義，大抵是人類所能想像得到的範圍最廣至大的字眼。也是人的一點靈明愛心，擴闊到無窮無盡的字眼。它比關懷你的父母和家人，關切你的國家和民族，還要無涯無垠得多。因為它關愛到全人類、全宇宙，過去、現在與未來。

於是，一提到「終極關懷」，人們就想到非常沉重的擔子。極之深潛的憂患，重逾泰山的溫愛，好像會壓扁了肩頭似的。只有孔子、釋迦、耶穌、蘇格拉底等大教主、大聖哲才會具有的了。其實不然，我說幾乎人人都有。不然這些教主聖哲的道理怎會令人相信呢？《聖經》指出了人類宇宙的終極就是最後審判，為什麼贏得了全球善男信女在這麼多的「阿門」。當然，解說「終極關懷」的教義與哲理，並不限於《聖經》這一家之說。

「為天地立心，為生民立命，為往聖繼絕學，為萬世開太平」，也是一種終極關懷。如四「為」句中沒有限於中國，擴闊來看，也可視之為對全世界全人類的關切。這樣沛然莫之能禦的雄宏氣魄，膽子少一點的人一定駭怕了，因為很多人做不到。不過，另一個常常被人當為笑柄的「杞人」，其實也代表另一種「終極關懷」，他害怕天會塌下來，不僅憂他自己，也憂天和地，人和畜，天塌了，全毀了，那怎麼辦呀！

然而這還是說得太高了。我說「終極關懷」，是連小孩子都有的心腸。這不單是由於「天會不會塌下來」這種話是小孩子都會問的，同時，小孩也會問，「那麼，人類將來要到什麼地方呀？」「地球之外又是什麼所在？」「銀河系是什麼樣子？」「你說地球將會毀滅，太陽會成灰燼，那麼人類能不能搬到別的太空去呢？」這不光是好奇的知識欲，也是對人類宇宙終極的憂懼。

近來，我們看到小孩子的表現，也可以稍為寬舒的了。香港的小學生都知道，這樣子下去，地球無得救了。在他們這樣大家講這種悄悄話的時候，他們已表示了對人類、地球的慮念，一點靈明的終極關切就冒出苗根來了。大人對他們加以教育，便給幼苗澆水灌溉，讓下一代都有挽救水土森林空氣百獸的意識，如今歐美的小孩子對他們從小喜愛的麥當奴叔叔也有所抗議了，叔叔只有從善如流。他們也知道像雞蛋頂尖的大洞的危險，大氣層愈來愈熱、冰山溶解、洪水暴漲的威脅。他們並非像許多大人那樣，只求短期的方便與利益，他們的赤子之心也能關切到無窮無盡的將來。

如今，全世界的小孩子都會為海豚被困而終於救出來而歡呼，為濫捕濫殺大象而憤怒，他們也會身體力行，從清潔沙灘到種植樹木，從收回廢紙到使用無毒膠袋，各種各類的活動，雖然力量微小，但這一種心靈的美善，正是終極關懷的體現。但願下一代能完全改變這一代的純消費心態。

總之，終極關懷是人心所植，並非大聖大哲所獨有。人如無終極關懷，則保護地球生態根本不可行。

第73期，1990年6月

「愉快」有沒有「一個」

自「五四」新文學運動以來，中文開始受到西方文法的影響。這些影響並不一定壞，且多半還有好處。但也出現不盡妥當的贅疣，早為有識之士所注意。其中鼎鼎大名的徐志摩，他最風靡一時的《我所知道的康橋》，即受到另一位散文大家朱自清的批評。他說：「第十一段裏稱『愉快』作『一個』，照通常說法，應該是『一種』。『愉快』、『悲哀』、『道德』、『智慧』一類抽象事物，是沒有個體的。……」

徐志摩說在康橋的「野遊」，「徒步是一個愉快，但騎自轉車是一個更大的愉快。」就此被朱自清捉了痛腳。這個「一個愉快」當然不合中文語法，誰都看得出徐志摩是從 a pleasure 轉化過來的。

朱自清大概是「純白話文」最早的提倡者，近二三十年來香港也有人提出這個警惕，原因是香港中文愈來愈不純了，令有心者為之憂心。然而到了今天，香港式中文距離「純白話文」更遠了。

語文是否有「全純」的可能性，機會是微乎其微的。今天世界上沒有一個國家的語文是「全純」的，這是就吸收本國方言、外國語、時興語的情況來說。英、法、德、西班牙、俄羅斯都不能免。但香港或是中國的情形卻不同，中文是傷及骨格，而外國語文則未傷骨格。

骨格者，文法也。

以大陸、台灣、香港三地來說，仍以本港受教育的青年，中文程度最差。這因為香港受英文文法的影響最大。三地以我們的英文程度最高，這是優點，這缺點是破壞中文也最厲害。

不知不覺地用了英文文法而不自知，又同時以廣東語法入於中文，恐怕亦不自知。而海峽兩岸大概都可避免這兩種毛病。以最簡單的兩個字來說，香港年青人的「是」字常是英文式的，「有」字也是英文語法。「港督也有參加了這個會議」，這個「有」字顯然是 have 借過來的，中文本不必要。在動詞和形容詞之前，一般無須「是」字，「她很美麗」而不必「她是很美麗」，「他設計了一套計劃」而不必「他是設計了一套計劃」。這個 is 是胡亂加上去的。

在編輯室中陸鏗改稿時常大發脾氣，為什麼用「一直以來」，這是廣東話，我說。此外，「一些」用得太多了。這是英文量數的規限，大概是 some 字的轉用。「很多時」也覺別扭，大抵是 many times 的借屍還魂。為什麼出現頻頻的「過往」、「會否」，這都不是白話文。老是用「方面」、「部分」，太累贅了。因為Aspect是英文常用的，part of亦然。什麼都是「有關」，也令人討厭。

香港式中文是個難症，怎樣能夠英文好中文也好，等於是「左右互搏」的周伯通武功。但以前在大陸來港的，在北大、清華或燕京讀英文的，為什麼英文好中文又好呢？此無他，中文基本功扎穩了，就不怕外來怪招。

第80期，1991年1月

「學而優則仕」試解

好幾年前，維樑兄見我一直為孔子《論語》上的話辯護，笑着對我說：「你又怎樣為『唯女子與小人為難養也』辯護？」這其實也可以辯護的。現在則先為另一句話辯護。

在最為人攻擊的論語句之中，「學而優則仕」是其中之一。（註）責備孔子教人讀書只為了做官。認為真是庸俗得不得了。如果單單這樣來了解，確實是應該責備的。

同時，自唐代開科取士以後，做官似乎是讀書人唯一的出路，於是就把其他文化、科學、藝術等等創造窒息了，讀書人一味想做官，所以中國文化就停滯了。一條大罪名，文化停滯、科學落後，就因為科舉，而科舉讓讀書的目的就為了做官。歸根究底，也還是孔老二弟子子夏「學而優則仕」這句話為始作俑者，所以孔丘是歷史罪人。

到了明清，「八股之害，甚於焚書」的科舉又告出現，讀書人醜態畢露，於是有了一部《儒林外史》，就更將中國的落伍、無知、愚昧，相比於西方文明的進步、科學的邁進，便都一一歸之八股科舉，而以《論語》上「學而優則仕」為罪魁禍首。

筆者以前也是這樣想，「學而優則仕」這話太過狹隘，何況做官認為是一種干祿求財之路。近來我改變了看法，因為再讀《論語》、《孟子》，明白了「學而優則仕」的目的是為了求人間正義，以前我為什麼竟忽略了呢？

《論語》上說得清楚，子路見到一個用枴杖挑竹筐的老人，問他要不要見夫子。那老人就罵孔子「四體不勤，五穀不分」，但也殺雞造飯招待子路，留他住宿，並引兩個兒子來見。第二天回來見孔子說這件事，孔子說：「隱者也。」於是子路說了一番話，認為隱者拒絕仕途，卻又有父子長幼之禮節，但為什麼又鄙視君臣之義呢？他說：「不仕無義。……君子之仕也，行其義也。」

這個「義」字可以解為「正當」，即君臣之間的正常之禮，認為如果沒有了就是無政府主義，社會就亂籠了。所以那個「荷蓧丈人」是道家無政府主義者。子路則是孔子有政府主義者。

「不仕無義」，不做官就難有人間正義，「君子之所以做官，就是要行人間正義也」（「君子之仕也，行其義也」），作這種解釋，這大抵是因為春秋時代讀書人的出路很少，不是耕農就是當兵，或做商賈，要不就是當官。同時，那個時代其他「求正義」的適當渠道全付厥如，沒有政黨、沒有社會組織，沒有大眾媒體，但當了官，幫國君做事，可以助他行仁義，自己可以行仁義，有了「匡正天下」的機會吧了。

到了孟子就說得更清楚了，他說：「君子之事君也，務引其君以當道，志於仁而已。」「學而優則仕」就是幫助統治者、為人民做正當而合理的事，務求行仁愛的政治。因之，孔孟「學而優則仕」的目的，有個理想做引導，並不是為求昇官發財，懷着這個理想去做官，搞不好倒是要殺身成仁的了

（註：這句話的關鍵點是「學」，而「優」則可解為「有餘」。）

第82期，1991年3月

美麗的中文變得醜陋了

近月在一次宴會上，有許多新聞界的朋友閑談到新聞寫作，坐在我旁邊的，是新近從美國來中大任教新聞系的陳閩兄，我從口袋中拖出一張小紙來，上面寫了各個詞句，請他細看，都是我認為「有病」的中文。

大家會覺得奇怪，為什麼我的上襟小口袋裏會藏這些紙片呢？這實在是我對一般中文寫作愈來愈痛心的結果。這都是我從平日閱讀報紙、雜誌以及看稿子時臨時抄下來的。

我認為天下間決無「純粹」的語文，語文會隨日而進，滲上外來一些雜質，也是要創出新語法新詞彙的。但是如今的香港語文，卻是患病而不知病源，決非是那種滲入外來語文自我豐富而又創新的健康力量，而是引入壞細菌的破壞力量。

這些壞細菌的絕大部分，是從英文文法而來的。英文文法自有它一套嚴格的規律，某些字眼用在它身上完全是健康的，但轉用在中文裏，很可能便要染上疾病。

我抄下的什麼病句子呢？

「將會準備……」、「會準備……」、「將準備……」、「並會準備……」，都是我認為不合中文語法的句子。因為它們不合事理。「準備」是並未發生的事情，本身已包含了「將來」的意義，「他們準備舉辦一次慶祝會」已經很充足表達，為什麼要加「將」呢？「將」是將來，「準備」是「將來」，但有人還嫌不夠，又再加一個「會」，「會怎樣怎樣」也是還沒有發生的事情，這樣多的「將來式」是由於自幼學英文，時態錯了會給老師打零分，潛移默化之下，寫中文時也就加倍用上了。

最簡單的「是」字和「有」字，也會用錯。在我抄的單子上就有「是十分充裕」、「是十分關注」、「也有聽聞」、「是有進行」之類的字句，這當中的「是」字，多半是從英文文法 is 而來的。「產品十分充裕」、「對此事十分關注」是中文，加「是」字就是英文了。

至於「有」字，那是從 have、had、has 等轉來的了。「是有聽聞」（have heard），好像不加「有」字是未完成的事情似的。在中文來說：「他聽聞這個消息，大吃一驚。」「他聽到了十分高興」，不必加「有」的過去完成式的。

關於「有」字我還抄下這句：「是有進行一次改組」，這完全是 is 、have、going to have 等的英文翻版，中文「已進行改組」就很得當了。

我抄得最多的是「一些」，有時兩三句話用上三四個「一些」，「一些」之外用得多的便是「部分」，好像必須像英文那樣，必須表明「數量」不是全部、全體。但讀來拗口之極，「一些議員對議案進行了一些修正，一些議員反對修正，提出一些特別的看法」，天啊！中文之美變得醜陋不堪了。

我多年一直探問香港的新聞系為什麼不教中文新聞寫作。直至最近才有了，浸會有陳玉璽先生教，中大在下學期有陳閩先生教，他們都是台灣來的，中文修養極佳，當可一改過去學生寫錯中文的毛病。

第85期，1991年6月

恢復中文之美感？

很多人都會與我有相同的經驗，少時候背誦過的文言文，隔了幾十年之後，仍然可以隨時不自覺地琅琅上口，無須特別記憶。我認為這是中國文字的一大秘密，等如是一項奇蹟。為什麼這樣說呢？因為我以為別的外國文字，很少有這樣的功效。不信可以問問美國人、英國人。當然特別的名句是會記得一些的。總之，我主觀地認為，讀小學時背誦過的文章，到五六十歲仍然記得，「雞腸」文字是比較難的。因為這裏面文法性的虛字太多，教人不易記誦。

中國文字，還有另外一樣秘密，就是二三千年以前的文字，我們今天仍是讀得懂，並且還可背誦春秋戰國以來的文字。如此湮遠年代的作品，仍然可以跟現代人有了解的「交通性」，有背誦的「記憶性」，別的文化和國家的文字是很難辦得到的。

我不贊成學生今天仍然要背誦古文。事實很清楚，我們青少年時背誦的文言文，根本就不懂其中的涵意，到年紀大了才慢慢咀嚼出意味來，豈非浪費了時間？何況如今是白話時代，背誦古文還有什麼用呢？

不過有一點是我們應該注意的，就是中華古代的人，非常重視文字之美感，他們充份運用了方塊字單字單音的特點，將每個字每個詞，作最合適的組合，這種組合，就是力求表現文詞的美感。我們不能因為有了白話文，就以為不必理會文字美。

白話文絕大多數不能背誦，這是不可改變的事實，朗誦起來也不如文言文好聽，這也是無可避免的現象。我們不能開歷史的倒車作文言文。但我們不能使中文變得醜陋，則是我們共同的責任。

寫白話文其實也可以保持文言原有的優點，不一定是四六駢儷韻文不可。我們看近代的白話文大家，朱自清、胡適、周作人、梁實秋、魯迅等等，都是文言文有極深的根柢的。所以文章寫得好。

現代香港難得讀到好文章，時間和精力的花用抵不上稿費的報酬，所以很多人寫文章，根本連「章法」都沒有，把意思說出來就成篇，可憐有些連意思都說不清楚。古代傳世的不朽文章，卻往往沒有報酬，不過是抒懷述志日常生活中的一部分。無金錢報酬而寫出好文章，有金錢報酬而寫出壞文章，這是古今中文的一大矛盾現象。

古代講究文采、文理、文氣、文情，這些我們如今都顧不得了。而文采、文理、文氣、文情，正是文字美的主要質素。今天又怎麼得見呢？不過我們可以自我安慰，古來傳下來的文章，都是披沙鑠金無盡淘汰之下而得留傳的，大家可以希望自己有一兩篇不被淘汰，但那也是不容易辦到的。

我的想法是如何恢復中文的美感。在白話文中保持音節、對偶、氣勢、風姿……諸如此類，讓人讀來有種快感，有沒有可能呢？

第87期，1991年8月

傳、學、思、習

若問世界有史以來最值得敬佩的，我認為還是四個人。他們的影響力至今不衰，還在和每個人類面對面講話，各自奠定了文化基礎。但若問我誰應排名第一，這很難說，當中的先後次序亦只能憑每個人的偏好和信仰，釋迦、孔丘、耶穌、蘇格拉底，誰先誰後，誰高誰低？這只能從某一方面來說，而不可能是全部；更不能就對人類的貢獻誰大誰小來比較。

若單以某一方面來說，譬如教育和學習，則以孔子最為突出。蘇格拉底也是偉大教育家，但比孔子還差一點點。蘇格拉底重視知識和理性，這很了不起；孔子也重視知識，但更重視人生價值和仁愛精神。

孔子本人的學習就勤奮得很，他早年曾經整天不吃飯，整夜不睡覺，一味的思想，但光是思想很容易「走火入魔」，認為還是學習來得有用和實際。傳說他學琴於師襄就到了廢寢忘餐的地步，便把自己的經驗綜合起來兩句話：「學而不思則罔，思而不學則殆」。直到今天，我們還見到這兩類人，學習而不思攷，心靈頭腦都不夠清晰，笨頭笨腦，不能融匯貫通，學習也就進步不快。這類人還只是不夠聰明，最多是迷迷惘惘、知其然不知其所以然，但老是思想而不學習的人，孔子就直接警告這是危險的。危險何在？思攷沒有具體基礎為根據，只是胡思亂想，所想出來的東西很可能成為「假大空」，做起事來又一無是處，由於他根本就沒有學習過。

後來宋儒有人整天坐在竹子面前沉思冥想，弄得腰酸背痛，也還是不知竹子生長的道理，變成歷史上的笑話，就是到了「思而不學」的危險邊緣了。

現代我們叫「學習、學習」，已經有點僅止於英文的 Study 的意思。但在孔子的時代，「學」與「習」是兩種層次，《論語》一開頭就説「學而時習之，不亦悦乎！」孔子最優秀的學生之一曾參，每天都要自我反省，今天做過什麼不對的事情沒有，其中一項就是「傳不習乎？」「傳」是老師所教的東西，「習」就是自己有沒有練習。傳而不習被認為是很不對的事情。

但是我們今天看到「傳而不習」的青少年太多，在本校如此，在課餘學校也如此，像蜻蜓點水、蝴蝶採花，東沾西嗅，老師教過了，學生聽過了，但是自己就不去練習，結果當然是一事無成。

由以上分析，孔子的教育方法分四個層次「傳」、「學」、「思」、「習」。用現代話來説，「傳」就是教，「學」就是受教；「思」就是思攷，「習」就是實踐、練習，這是到二千多年以後的今天還是一樣有效有用的教育原理，即使以美國杜威的教育方法來比評，也脱不了這些範疇。

第96期，1992年5月

讀《論語》的體驗

有次跟黃維樑兄閑談，說到引述《論語》、《孟子》之麻煩，有時記得或不記得某一句話，便要翻原文，每次我都要整本的去翻，怕引錯話，有時不是孔子或孟子講的，而是弟子或其他人講的，給弄錯了。有時又將所講的話，孟子的引成孔子的，孔子的以為是孟子的。為什麼學術界沒有做內容分類的工作，例如將「仁」、「義」、「禮」等等分門別類，做成索引，方便查閱？

他說，中大有人做了，用電腦分類。聽了有點高興，盼望早日完成。西方有些經典著作，每一段落給它一個號碼，又將詞目分類，編了索引，一查即得，節省許多時間。中國學術界現在才做，雖然晚了，但總好過永遠不做。

青年時代我不大讀《論語》，如果說是讀過，也只是走馬看花，囫圇吞棗，以至於有意挑毛病。那時有個幼稚的想法，以為讀《論語》是不夠進步、不夠現代的表現，沒有耐性去啃古老的東西，也不理會它講得合不合理。喜歡讀莊子、存在主義、現代文學、禪宗，認為才夠時髦，才顯灑脱。當然，讀這些現代人喜歡談的作品，也是很有益處的，但不應該看不起《論語》。

後來我才細讀《論語》，翻閱多次。讀了之後又細細的想它所講的話合不合理，人們攻擊它的話是不是理解錯了。文革時由於四人幫猛烈攻擊孔子，我發現曲解錯解的地方太多，簡直蠻不講理，乃是促成我細讀《論語》的原因之一。因為四人幫這樣亂套亂哄，是違背學術真知，欺騙誤導。我自己就必須求確解。

當時讀《論語》最大的收穫之一，便是發現了「民可使由之，不可使知之」這句話，是應該標點為「民可使，由之；不可使，知之」才是正確的解釋。於是翻查了很多書籍，為這句二千多年錯解了的話翻案。這是讀郭沫若的《十批判書》他對這句話也未能確解而引發我追根究底的好奇心。

這也不算什麼。但從此我產生了一連串的疑問：百年來這麼多人攻擊孔子，他們有沒有讀《論語》呢？其次，若果讀了，又是不是細讀呢？再其次，若果細讀了，又是不是得到正確的解釋呢？

有此三疑問，我又再想，根本都不曾了解對方就猛烈攻擊，完全不讀《論語》，是不知己也不知彼，這種態度對不對？如果根本就解錯了，豈非無的放矢！想到這裏，我更覺得那我必須自己先精讀《論語》，不能人云亦云，以訛傳訛。

細讀之下，覺得其內容絕大部書分都很合理，對現代人的個人修養仍然有用，這是很大的另一收穫。

跟着又發現，《論語》有些句子很難精確了解。對照一些白話譯文，也各解釋不同。僅舉一例，「君子不器」這四個字，是說君子自己不製造器皿？君子不使用器皿？或：君子不應像器皿一樣隨便供人使用。以我的理解，當然以第三解為對。

於是，又有一想，不管你贊成或反對《論語》，中國人對待《論語》，是不是該像中國人讀柏拉圖講蘇格拉底那樣的尊誠和客觀呢？

第98期，1992年7月

說「儒」與「儒家」

名詞是很詭譎的，往往一詞多義，隨各人的了解而有不同的內涵。指稱實物的名詞還簡單些，譬如桌子就是桌子，椅子就是椅子，不會有甚麼歧異。但是涉及內容繁複的名詞，尤其是哲學性思想性的名詞，就常常難以說得清楚。

以儒家的儒字為例，它究竟代表甚麼意思？如果你問我，我會說難說得很，我也說不上來。如果有人對你說你是一個儒家，你也不必馬上感到這就是對你的恭維，因為你不知道他心中的儒家究竟表示甚麼。如果他根本就看不起儒家，稱你為儒家，也就是對你的貶視，如果他是要打倒儒家的，那你便是他打倒的對象。

但從另一面看，儒字確也是一個褒詞。當我們說某某人是儒商、儒醫、儒將，那是對他的肯定，想不出有甚麼壞的含意。那大概是指他仁心為懷，或是有學問的意思吧。可是，當你說某某人是腐儒、陋儒、酸儒，那卻絕對是一種鄙視了。好像是變戲法似的，把儒字加在頭上，就是戴冠的尊敬，把儒字壓在下面，就是踐踏在腳下了。

崇拜儒家哲學的人，一定不喜歡侏儒這個詞，為甚麼矮小的人要以「儒」來稱之呢？恨不得寫作「侏孺」。不過更加不高興的也許是「犬儒」二字，好好的一個蘇格拉底哲學分支出來的學派，提倡抑制慾望、返歸自然的美德，像住在圓桶裏的戴奧真尼斯，叫亞歷山大大帝「不要擋住我的陽光」的哲者，他的學派 Cynicos 給譯為「犬儒學派」，也就是「狗一樣的學派」之謂了。儒者又怎可以稱為狗呢？真真太過辱沒了。

該派生活刻苦，衣食簡陋，因此被當時人譏諷為過的是像狗一樣的生活，我想戴奧真尼斯是不以為忤的。儒家祖師爺孔丘也被人這樣譏笑過，有次他在棲棲遑遑的旅途中與弟子失散，就給形容為像頭「喪家之犬」，他也自嘲說「真像呀！」林語堂盛讚這是孔子有幽默。

不過我認為「犬儒」二字並不是好翻譯，人們在文章中說「他是犬儒，他很犬儒」，實在讓人一頭霧水。由此引伸出來的 Cynic、Cynical 等字，我情願用其他字眼來代替，如消極、狂狷、憤世、玩世等，不用犬儒。

話說回來，儒字壓在下面也可以是尊敬的稱謂，如大儒、碩儒、鴻儒。因此，在上在下其實是沒有褒貶之分的。還是孔子說得對，他告誡弟子說：「女為君子儒，毋為小人儒！」儒字是中性的，既可以是君子也可以是小人。像《儒林外史》裏面所痛罵的儒，應該都是小人儒吧？

胡適攷據儒字原義表示「柔、弱、懦、輭」，儒者是主持祭祀禮儀的「教士」，是被周朝征服的殷代遺民，看來並不光彩。是否如此，可備一說。無論如何，儒者到了孔子，才成其為偉大。能夠說出「造次必於是，顛沛必於是」、「智者不惑、仁者不憂、勇者不懼」、「三軍可以奪帥、匹夫不可奪志」、「殺身成仁」這種話的就不可能是「柔弱懦輭」的人了。

還有一個問題，便是我們說儒家，是不能一攬子來說的，先秦儒、漢儒、宋儒、明儒、清儒，各朝代各有不同，每朝代中各儒亦不一樣，似乎應分別認識和對待。認為數千年儒家僅是外向腐敗和衰落，像「黃河大堤正在被螻蟻和田鼠悄悄蛀空一樣」（《河殤》），不可以這樣一網打盡。倒是林語堂說得好，要恢復孔孟「強哉矯」的精神，由宋儒的靜的儒道，變為有幹勁有作為的動的儒道，要振發孔孟剛健勇毅博厚的活力。這是卓識之言。

第１５９期，１９９７年８月

友朋雜憶

子《論語》上的話掩護，笑著對我

義也」辯護？」這其實也可以辯護

而優則仕」是其中之一。（莊）實備

俗得不得了。如果單單這樣來了

似乎是讀書人唯一的出路，於是

恩了，讀書人一味想做官，所以

停滯，科學落後，就因為科舉，

限究底，科舉後來把孔老二弟子子夏

丘是歷史上……人醜惡畢

偏又告由由……無論……語上

伍、無知的人……相比

何況做官認為……《孟子》，

的略了

遇見夫子。那老人家

子路，留他住宿，並引

子說：「隱者也。」於是子路

子長幼之禮節，但為什麼又問

荷子之仕也，行其義也。」

有了就是無政府主義，社會就亂雞「正當」

「不仕無義」，子路則是孔子有政府主

行人間正義也」（「君子之仕也」，行其

春秋時代讀書人的出路很少，不是

做官。同時，沒有大眾媒體，「求正義

沒有社會組織，自己可以行仁義

官，自己可以行仁義

到了孟子就說得更清楚了

道，志於仁而已。」「學而優則仕」教

理的事，務求行仁愛的政治。因之

理想做引導，並不是為求異官發

要殺身成仁的了。

（註：這句話的關鍵

一種失傳的禮俗

唐君毅先生記述當年在成都，他在讀小學時，他的父親受聘為教師，校長來下聘書，親自作揖。早一些時，校長還要當着孔子像，向教員跪拜，表示代表鄉中父老，鄭重將學生託付於先生。成都大成學校校長徐子休，年紀已七十餘歲，亦對他學校少他三四十歲的先生，一樣親自跪拜。後來唐君毅先生於一九二九年自南京回成都教書，校長長他三十歲，送聘書時，亦向他長揖，使他當時大為驚奇。

我們不知道這是不是成都特異的風俗，在筆者的廣東南方鄉下，這種事情是沒有的。也許原來是有的，到我出生以後的三十年代，這種禮俗便沒有了。不過這種精神本身，亦即尊師重道，是通行於全國的，後來才逐漸變質了。

在今天看來，很多人一定認為，這是一種不必要的繁文褥節，一種封建的形式主義，一種權威主義的濫觴。今天，萬事萬物都可以有不同的批評，各人有什麼看法，你恥笑這種禮俗，亦不算什麼一回事。何況，香港人慣常以「老土」二字，即可打發一切。

這故事當中涉及四種人際關係，學生、老師、校長、家長。今天這四種關係，究竟是怎樣的呢？在過去，是校長自命受鄉中父老之託，而父老亦以子女交付學校、接受教育以成材，這校長與家長之間，實有一種神聖義務的關係。校長對於老師，自感責任重大，因之以大禮向老師再交付託，這些子弟今後之受教成材，都得靠老師們了。老師既受此大禮，自亦感到一種責任的神聖感。在這當中，學生當然地位最低，但不可忘記，所以經此大禮層層付託，都是為學生好吧了。

這樣的一種禮俗，無論你怎樣譏笑它也好，卻也是一去不復回了。只是讓我們想到，今天我們的家長對老師怎麼樣？老師對校長又怎麼樣？校長對老師怎麼樣？而學生對校長老師的態度又如何？我們希望這不是一種大貓管小貓、小貓追老鼠、老鼠反過來集體戲弄小貓大貓的情形就好了。

第１６期，１９８５年9月

臺靜農先生——幽蘭人格

古琴有首曲叫做《幽蘭》，音調極美，意境極高，使我領略到一種人生境界。而我常將這種人生境界，聯想到臺靜農先生身上來。我曾直稱臺先生的人格就是「幽蘭人格」。最近我聽朋友說，臺先生赴美探望女兒，摔了跤，要趕回台北腦部開刀，就更增加了我對他的思念，而《幽蘭》聯想也更強了。

《幽蘭》這首曲，據說是描寫孔子的，甚至說是孔子作的，倒不一定可靠。它所描寫的境界，是說一個人為世人所淡視，又處於困頓之中，但他不求聞達而勇毅自剛，棄利絕位而日日創進，就像處於幽谷的蘭花，不為俗世所珍而兀自發出芬芳一樣。

為什麼我這樣說呢？臺先生一九四六年就到台灣了。但他一直沒有踏出台灣一步。今年是第一次出國，豈知一出國就生病了。我覺得他四十年困居台灣就是獨處幽谷。有次我和沈登恩兄到他家拜訪，沈登恩指着對門說，殷海光先生以前就住在對面。但殷海光先生生前一直嚷著要出國、要到哈佛，抗議國民黨不讓他出境（我這樣說沒有貶抑殷先生的意思，他這樣做是應該的），但我覺得對門的臺先生，是一個鮮明的對照，他從不要求到外邊跑跑。我主觀地猜測，那是因為他早年和魯迅的關係，也許當道會認為他是一個「異物」，於是他覺得他也不必有出國之想了，乃一直守在台灣自甘自怡，對那種到外面「風光」一番見見「世面」的一般人的應有做法，也不去羡慕。

處於幽谷的蘭花，也並不就是沒世無聞的。有次在旅館，友人要給臺先生打電話，忘了電話號碼，到電話總台詢問處一問，接綫生想都不必想一下就說出了臺先生家裏的電話號碼。這位從美國回台灣的臺先生學生，不禁慨嘆說：「唉！畢竟還是做名人好。」

臺先生足不出戶而名聞天下，就像是幽谷之中的蘭花，因為它的吐芳而香芬直傳千里。他的芬芳是什麼呢？是他的書法。他的書法的特點，是有些筆鋒像利刀一樣，剛銳有力，稜鋒閃閃，但整個字和整幅字看起來卻是圓潤飽滿的。這種特點就是他幽蘭人格的表現。是他待人恂恂的和善可親之態，是他自持自守自創的勇毅之氣，兩者完美的結合。

臺先生常常使我想到孔子。孔子當時是為權勢忽視的，但孔子名聲遠播。孔子教學，述而不作，臺先生也是數十年在台大教書，桃李滿天下，在他教育下出了數不清的人才，而先生數十年在台灣，也可以說是述而不作。他幾乎不寫文章，他也不出書籍，劉以鬯先生鈎沉他早年所寫可以媲美魯迅美作的短篇小說之結集出版，那是臺先生和讀者的「意外之喜」，臺先生自己卻把這些「珍珠」忘記了。

臺先生與孔子有一點相同的地方。臺先生酒量極為驚人，但無論喝了多少酒，卻永遠保持他的可親可愛的恂厚和貌。我不相信人是不會醉的，但醉了仍能如「平常心、平常人」，我認為是意志力特強的人才能做到的。孔子弟子記述孔子，說他「酒無量、不及亂」，就是意志力特強的表現。把這六個字移之於臺先生，哪一位和他喝過酒的人，會說這是不適當的呢？

我因為近期不能到台北向臺先生問疾，因此寫了這篇短文，表示我對年已八十六的臺先生的關心和敬意，並祝願臺先生完全康復，仍可以寫字，跨過百歲之齡。而《幽蘭》琴曲、孔子、臺靜農先生三者配合一起來寫臺先生，我認為是最貼切的譬喻。

（按：古琴曲《幽蘭》其實很多人聽過，港台都曾連續播映的美國《功夫》電視劇集，當那個美國光頭仔回憶到他少林寺師父的時候，所播的背景音樂，就是大琴家管平湖先生生前所彈的《幽蘭》最美的片段。）

第31期，1986年12月

主觀乎？客觀乎？重看胡適

胡適已經逐漸為人遺忘，但最近台北《中國時報》為紀念胡適逝世二十五週年紀念，舉辦了三場演講會。我讀了唐德剛、周策縱兩教授的演講，對胡適之先生乃得重加認識。

正如周策縱先生所說，胡適是「譽滿天下，謗亦隨之」但同時亦是「謗滿天下，譽亦隨之」的人。大抵評價一個歷史人物，百分百的愛是很少見的，百分百的謗倒是常見。因為，每個人自己都有不完美感，因之喜歡挑別人的骨頭，譽滿天下者總給人挑出些毛病來。至於謗滿天下時，為之辯護的則較為少見，因為這需要恕道及理性，而人性中一般都喜歡踐踏別人，受不了別人的完美。

不過真正「完美」的人確是少見。在對胡適博士的「謗」中，筆者歸納起來大概有幾點：

第一，當年雷震因組黨繫獄，而組黨最初也是胡適有份發起的。但後來胡先生不特退出，而且不去探雷震的監。這是以朋友道義責他。同時以民主鬥士「鬥得不夠堅強」去責他。

第二，說他是「學閥」，自北大至中央研究院，他都以他自己的門生及同道朋友，形成一個核心力量，壟斷學術言論的走向與學術重要的職位。尤其是在中央研究院任內，他一直排斥傳統文化的學者參與其中云云。

第三，他把持學術資料，據為己有，而不公諸於世，眾矢之的者是《乾隆甲戌脂硯齋重評石頭記》。他自己收藏、研究了三十多年之後才影印發行，使紅學家無法及早得睹此珍貴版本。

第四，是他的全盤西化論，一方面罵他數典忘祖，而另一方面又作因他的「西化論」其實是「美國化」，乃被冠以美國的「走狗、洋奴、買辦」之類罪名。

以上列舉了這些，似有厚誣古人之嫌。然而無論說與不說，它們都曾經在中國人社會的空氣、嘴巴及文字裏出現過，已成為歷史一部分，於此我們倒要反過來想想，儘管有以上這些「謗言」，但胡適的貢獻是不是遠遠大於他的瑕疵呢？他所提倡的思想、態度、方法、精神，對今天的中國還有沒有效用、還值不值得我們去學習呢？這才是最大的問題。

周策縱、唐德剛兩位教授的演講，正可以在這點上使我們得到啟發。恐怕在今天我們仍應「少談些主義，多談些問題」，因為「主義」教條今天仍困擾我們的思想開放和學術自由，仍阻礙我們國家的進步。胡適的實用主義（按：此主義不同彼主義），與「實踐是檢驗真理的唯一標準」，前後六十年仍然互相呼應。

也許在中國數千年一意強調「修德」的「主觀主義」文化傳統中，我們也要學習一下胡適所提倡的「理性」和科學態度；在我們百年來狂熱民族主義的激情中，在我們數十年來豪情滿懷地高叫「革命」口號以及從事「有意志而無實際」的經濟建設之後，種種重大的失敗教訓，也應讓我們頭腦冷靜下來，看一看怎樣解決社會國家的實際問題。

唐德剛教授說胡適「全盤西化論」，由於引起誤解和攻擊太多，因此就改為「充份西化」。「充份」是有足夠的西化，把西方文化的優點學習過來，而仍應保存中國自己的文化精華。「全盤」則是自己的東西無論好壞都全部不要，西方文化則是垃圾、珍珠全部接收，後者當然很難為國人接受，而且也不合理，違反了胡適自己的客觀精神。因為這個口號的背後，蘊涵了中國的都是「壞」的、西方的全是「好」的推理判斷，而這個推理判斷，即使合於邏輯也不合於事實，陷入了胡適自己所反對的「主觀主義」的陷阱而不自知。因此胡適這一「修正」，使他跳出陷阱，重新回到了客觀主義的立足點。

胡適所提倡的民主、科學，因仍為今日中國所努力爭取，但從更高的文化層次來看胡適精神，不外是上文屢次提到的「客觀主義」與「主觀主義」之分，歸根到底來說，中國文化要吸收西方的客觀主義，而中和傳統的「主觀主義」。

客觀主義是向外求的。希臘哲學的本色是探索外在世界的「真」，基督教的上帝外在於天上，因此人的道德、法律之源也外在於天上。近世的科學大發展的主要思想中心，是向外認真客觀尋求事物真相及其規律，而民主制度的主旨乃是建立一套「客觀」的政治軌道，讓人人遵守著運行，而不以統治者的個人主觀意志為依歸。

中國的「主觀主義」則完全不同，自孔孟以降，其哲理是向內求的。人的德性靈明之光出自於人心和人性，因此人的道德力量並非來自天上上帝的約束，而無寧是每個人的「本心」就是上帝。在政治上我們一直所能要求於擁權者的是，希望他是「聖君賢相」，希望他能出諸道德本心來約束自己的慾望並以道德本心來治理萬民。這種自孔孟至宋儒的內求諸己的主觀道德意志的格調，使我們古代輝煌的科學技術成就不能全面而徹底地突飛猛進，也使我們屢屢革命而仍然擺不脫「天下事一人而定」的人治之風，更使政策的決定陷於「主觀獨斷」而失敗，也使執行政策的人濫用長官意志來做事，使我們法治不立，使我們的民族性以人情取代理性……諸如此類，可能都與「主觀主義」的傳統有關。明乎此，則胡適的「充份西化」不能不說有些道理了。

主觀主義與客觀主義的文化各有優劣。中國儒家的道德自覺是非常偉大的，但是必須滅除主觀主義所附帶的弊害。西方的客觀主義文化，其缺點在現代社會已一一顯露出來。客觀主義已為「有神無神的存在主義」所猛烈攻擊，存在主義就有濃烈的「主觀主義」色彩。但存在主義那種格調，中國傳統已經大備，不必學習；倒是西方的客觀主義，可以拿來中和我們的主觀文化。胡適精神的意義，大概也就在此了。

第35期，1987年4月

重建儒家新形象——為梁漱溟先生賀壽

《良友》曾刊出過梁漱溟先生的長篇訪問，圖文並茂，讀來得益不淺。今年「九九」重陽日，梁老年滿九十四壽辰，國際學術界在北京特為梁老祝壽，舉辦了「梁漱溟思想國際學術討論會」。筆者未克參與盛會，謹在此寫篇小文，以表對梁先生的敬意。

在北京的「學術討論會」中，稱許梁老為「一位對國家對人民具有極大熱忱的愛國主義思想和社會活動家」，梁老自是當之無愧。但我對於「社會活動家」一詞頗感突兀。這究竟是指梁先生的哪一類活動呢？老實說梁老並不怎樣在社會上到處活動。在香港，社會活動家是指那些經常參加聯誼會、街坊會、餐舞會那類人。這在中國大陸是沒有的。而「社會活動家」一詞只能表示活動頻繁，名詞本身並不具備什麼深刻意義。

我半猜半想，這「社會活動家」一詞，多半主要是指當年梁先生所創建的「鄉村建設運動」，因為梁老儘管在解放前後有不少其他活動，但一切活動都不及「鄉村建設」來得重要。如果是這樣的話，則我認為「社會活動家」一詞是不適當的。要我來稱的話我就會逕稱為「社會改革家」。

我以一點「小人之心」來測度，或許是因為「社會改革家」一詞在神州大地是不能用的。「社會改革」似已成了某黨某派的「專利」，是不容別的方式、別的人羣來從事社會「改革」的。於是只好用上了「社會活動家」這一不倫不類的名詞。成為一個可供本人猜揣的「謎語」。

梁老本人至今仍重視他當年這個運動。他今年六月為《百姓》所寫的「憶敵後抗日游擊區之行」一文中，有這樣的話：「一九三一年起我在山東省從事鄉村建設運動，在諸同仁的共同努力下，逐漸取得成績。鑒於日本的侵華活動步步緊逼，我們也作了抗日的準備，如對農村青年進行武裝訓練等等。」可見梁老對於半個世紀以前的運動並未忘懷。

梁老說「逐漸取得成績」實是謙抑之言，因為我讀過張毅生老弟對「鄉村建設運動」的專題研究，他這篇論文是下過相當苦功的。我單看他繪的那張地圖，密密麻麻的各處佈滿圈點，以標示這個運動所推行的地方，連美術編輯也不知如何下手來重繪印製，我不禁大吃一驚，原來梁老當年的「鄉村建設運動」擴展得這麼快、幅員竟這麼大啊！可見這是一個極見成績和實效的鄉村重建工作。

世界上的事情，不能以成敗論英雄。由於日本侵略、國共內戰、中共革命，「鄉村建設運動」終於在神州大地不能發展下去以致於消失。但這一個運動所反映的梁老的識見與抱負，淑世濟世的實踐精神，對中華民族的使命感，從歷史與文化的角度看仍具有深遠意義。

梁老的「鄉村建設運動」，以梁先生這位新儒家一代宗師的身份來説，是把儒家的精神，發展到一個新方向，進一步提昇了儒家的功能和地位。因為歷來儒家，要不是做官就是教書和著述，幾乎沒有投身到「社會運動」或「社會改革」上去的。而梁先生此舉顯然改變了兩千多年來的儒家形象。

我們知道孔子本人是「實行家」，他的教育事業、他周遊列國游説諸侯實行他的政治主張，但是孔子本人在當時，已被人批評為「四體不勤，五穀不分」，何況是以後二千多年的儒者呢？所以世人一般對儒家的形象，決不是實行家，更不是改革家。但是如今有過梁先生的這一鄉村建設運動，此種印象就不能加諸於儒家身上了。梁先生證明儒家的真精神，是在實行和實踐，這種實行和實踐，不光是如宋儒那樣限於個人的心性道德的修養，而是從根本處改革全社會改造全社會。梁老此一儒家精神的具體透現，我認為是很了不起的。

第43期，1987年12月

也說「盤古華年」

戴天在《信報》，黃維樑在本刊，都提到「盤古華年」。也有好幾個朋友，在談話中也和我談起。每年春節前後，參加過當年盛會的人，都對它不勝緬懷。二十年了，一夕晚會，對大家的印象竟如此深刻，真可當刻骨銘心四個字。

我本人也是常常懷念的。我是「創發者」之一，懷念實屬常情，但對參加者的念念不忘，我免不了有莫名的喜悦。因為我們當年所想的，證明已經達到了。不過正像朋友們的心境一樣，唯一可嘆的，就是不能年年持續下去。

雖然是一個過舊曆年的晚會，亦使我悟到一些人生道理。就是任何活動，都必須有內在精神才有力量，它能讓人永誌不忘，正是由於那種有力的內在精神。晚會的對聯、佈置、衣著、儀式、每一首歌、每一隻舞，我們都賦予它們一種意義、一種價值觀。這內在精神，就是「盤古華年」的靈魂。

內在精神是什麼呢？就是要把中國過年的傳統涵義傳下去，但精神要由形式來表現，而形式則必須創新。要適合現代社會生活，要年青人喜歡，要普通人也能過。特別是後一點，如果只是年青知識分子能過，別人覺得高不可攀，就沒有意思了。我認為我們設計的節目，一般高年班中學生都能照做。雖然說起來那是一種中國人文哲學的體現。

我的第二個感想是，朋友合作之重要。雖然是一個過年晚會，但所動用的心思和精力是集體性的。當年文樓、包錯石、林悅恆、鍾華楠和我，辦了「創建學院」，又有《盤古》雜誌，大家以創新形式來體現中國精神的想法不約而同。而主要推動力則是包錯石。但所動用的人力卻不只此，很多人參與。光是那件代表「年獸」（亦代表人之除舊迎新）的袍子，我臨時央孫大姐做。已是除夕下午，她到晚上及時派人送到「愛華居」來了。做得真是合乎涵意，那第一屆由古兆申做「年獸」，這服裝和他的表情令人動容。

創新歌曲是包錯石的功勞，至今為止我仍認為《辭歲歌》和《華年歌》是非常好的作品。前者沉鬱悲壯，後者歡騰激昂。《華年歌》先由歌聲甚佳的溫健騮試唱，梁寶耳彈鋼琴試旋律。這首歌極之完美，但梁寶耳兄建議改動最後一個 do 字低八度，包錯石和我都覺得效果更佳。至於《松枝舞》（或《竹枝舞》），則由舞蹈好手羅木蘭創編的。而文樓的雕刻裝飾更是一絕。此外其他方面動用的人也數不清了。

困難的一件事是那大對聯。因為「盤古」二字很難對。兩年由我作（古兆申為我改動過一個字），有年由包錯石、陸離兩人合作。我們每一樣事都是大家合作參詳的。至於書法，當然是第一好手林悅恒莫屬了。

最感人的儀式是午夜前後的一幕，人人可以從流淚到歡暢，僅僅在十多分鐘一年新舊交替之間。在這裏是不及細說了。

難得的是，這第一屆的過程和歌曲事後在《盤古》發表了。很多人欣賞和贊同。唐君毅先生首先稱賞。寄到馬來西亞，司馬長風先生也來信稱許。寄到當年仍在愛奧華的戴天和瘂弦，他們也為之嚮往。唯瘂弦認為《華年歌》我的填詞應改一個字，我深表贊同。

參加過「盤古華年」的朋友已有數百人，何時何日它才能重現？

第72期，1990年5月

殷海光讚——文化怔忡中的清醒者

近百年來，中國知識分子對於文化的探索與追求，既熱切而又紛亂。為中國文化尋出路本是在國家危難的刺激之下湧現的，凡在時勢急逼無路可走的情勢下，所出現的反應很容易免不了流於情緒性。偏激、獨斷、主觀、急功近利、意氣用事的態度與言論就常見了。科學救國是唯一出路，在今天看來這句口號是很幼稚的，但是五四以後很多人深信不疑。中國人都應該信奉基督教，至今也有人有這樣的說法。打倒孔家店、全盤西化、全方位西化、復興孔教，還有就是馬列獨尊、罷黜百家，各走極端，各是其是，各非其非，極少見有人具有寬容包合的氣度，融和攝化的胸懷來談文化問題。到處可見的是患了文化怔忡症、文化偏狂症的人，這也可說是中國知識界的悲哀了。

在這些症候橫肆傳染當中，香港新儒家的唐君毅、牟宗三、徐復觀先生，他們無疑發揮了中流砥柱的力量。他們在以中國文化為本發揚儒家精神的同時，也融和西方文化。而本來站在對立面的台灣的殷海光先生，他後期的思想發展亦值得注目，他以一個反對中國傳統文化的急先鋒、提倡西化的領袖人物，體認到孔孟思想中有其不可偏廢的永恆價值，而嘗試融合中西文化建立新體系。可惜天不假年，他在《中國文化的展望》中所述的觀點，還不過是剛剛播種，還沒有生根發芽他就去世了。但已經是培育了一種混合的改良種籽。這樣一來，他自己可免疫於文化怔忡症和偏狂症，也為患此症的人提供了一種特效藥；儘管還只是種籽，仍可以使一些昏迷狂亂者甦醒過來。

為甚麼殷先生有這個轉變呢？

我看見不少讀書人，常常堅持自己固有的看法，近於執拗的程度，有時候明知自己的觀點已經不合時宜，或者是分明知道自己的看法是錯誤的，也堅持不變，否則自己就沒有面子，不是一貫正確了，承認自己的錯誤或是偏頗不周全，在自己的徒子徒孫面前就沒有權威了。

殷海光先生早期的文化立場，並不是有甚麼錯誤，但不能否認有所偏執，譬如有全盤西化，邏輯萬能的意味。但在臨去世前發出「人生不是一個邏輯系統」的慨嘆，又在撰寫《中國文化的展望》時精讀《論語》、《孟子》，肯定了儒家仁義的價值，完全是以今日之我反思昨日之我，文化氣度和胸襟一下子就寬廣了。

我認為這是由於他是一個自由主義者的緣故。自由主義的主要精神是尊重知識和事實，理性而客觀。這是他所服膺的羅素在《自由主義十誡》中所宣示的。所以殷先生不像有些反對傳統文化的大將那樣，連《論語》、《孟子》都不去細讀就盲目作情緒性的謾罵，僅僅是為了表現自己的「進步」，走在時代前列，明知孔孟有道理的話也不承認。而殷先生既以自由主義者自命，當然是會超越這種嘩眾取寵的喧嘩之外，卓然自拔的表現他思想學問上的坦誠。

《論語》、《孟子》是客觀存在的知識，先透徹了解這種知識後才去批評它，這是我們對任何學術文化應有的態度。

第100期，1992年9月

苦痛熬煉出美麗——唐晟的工筆花鳥畫

在全世界的中國人當中，有一類人是應該特別值得我們讚佩的，就是在大陸歷劫餘生，而仍保持其節操、信念和職志的人。在這些人當中，有畫家、戲曲家、音樂家、作家、學者等等。有人能在受苦受難的橫逆當中，幾十年間，仍然持護着他們人格、學問、藝術的「整全性」（integrity），也有人不能保持。不能保持的人理應同情和原諒，始終抱持的人卻值得我們尊敬和欽佩。

畫家唐晟女士，無疑是能抱持她的「整全性」的藝術家之一。

從閱讀她的《自我介紹》，可以想像她在時光的流轉中，有過多少的坎坷和苦痛。她在北京學校當教師四十餘年，她說：「在從教期間，由於對國畫的酷愛，雖是教學任務繁忙，加之當時的社會的和政治的環境，亦始終未曾輟筆。」我們了解，那種時代的生涯，豈是「社會和政治環境」這麼輕鬆的字眼，可以道出其中的苦楚的，不過是她個性溫厚，不怒不怨，視如一場噩夢而已。

但是，她也道出了一個事實，她說：「特別是文革期間，我的所有舊作及草稿都被逼付之一炬，僅藏在女兒學校的一幅《水仙》得以倖免，此畫自然成了我前半生習畫的總結。」一樣說得輕描淡寫，但其中的痛心處實不足為外人道。這令我想到林風眠大師，生前說到一千多張畫作，在浴盆裏一一以水浸爛、攪碎、沖走的情景，這一水一火的酷劫，作者自己一定是充滿淚水的。

在那個瘋狂的年代，逼害藝術家、摧毀藝術品，總有千千百百種理由。但對唐晟女士而言，因為她自十六歲開始就跟俞致貞老師專攻花鳥，而又家學淵源，父親是北京山水大家，她哥哥唐鴻在香港又是工筆花鳥大師。在那種日子裏，工筆花鳥當然是被目為「罪大惡極」的藝術之一，源出帝皇之家，遠離工農，是則唐晟女士所受的壓力，不知有多大了。她的工筆花鳥全部燒燬，原因在此。

本來，在我們觀賞這麼美麗的畫作中，是不必提及令人辛酸的過去的。她自己或不便提、不願提，但如果我們也不提，則在欣賞這些溫馨而婉麗的佳構時，會忽略這正是經過艱苦卓絕、矢志不懈的掙扎和奮鬥，而才能完成的作品。只有想到畫作背後的堅毅的力量，才能入眼而入心，更覺畫家今天的成就之難能可貴。

她的花卉色彩艷麗，體態多姿，無論何種花朵，都像在我們眼前聞到香氣、在風中擺動似的。那種湛深的功力，表現出她在任何艱難的境遇中，都堅持一種對「美」的追求的信念。她觀察自然，細緻入微，小至於一隻甲蟲、蜜蜂，都完全得其靈動的神髓。她畫的貓，更是神態各異，眼睛有神，纖毛畢現可以讓人忍不住去撫摸似的，尤其貓與小昆蟲對峙時的那種神態，妙趣橫生。此皆足以證明唐晟女士無論現實生活中遭逢多少狂風疾雨的襲擊，仍然對大自然和動物和人間，抱有無限的愛心，非有如此純真的心靈不足以完成這麼渾若天成的畫作。同時，她對自己將近半個世紀對工筆花鳥的苦學、對宋院畫體的承傳，必然視為畢生難以捨棄的職志；對老師、對歷史、對自己，她都有一種堅強的責任感，有任重道遠的決心，才能堅貞不移的畫畫不輟。否則，就不可能有這些作品展出於我們面前。

因此，我覺得一個藝術家要對「美」有永恆的追求之志，對大自然和人間要有廣大的愛心，對生命要有一種尊敬之情，加上不息不懈的技巧上的努力，才會有所成就。更何況像唐女士在那數十年的逆境中，能堅持這些信念，就引起我上面的感想，便寫下了《苦痛熬煉出美麗》的標題。

第116期，1994年1月

陳荊鴻先生小記

陳荊鴻先生一代名士，大書法家、大詩家，名滿天下，世所欽仰。於一九九三年以九十四高齡謝世。其夫人潘思敏女史，特將其生前未結集成書之遺文，編彙成冊，囑吾寫一短序。並賜贈先生所著之《蘊廬詩草》、《蘊廬文艸》、《蘊廬書畫冊》、《陳荊鴻先生榮哀錄》等書。使得以略窺先生之人品、風骨、學養之堂奧，及藝術、文學修養之淵深。益增高山景行之思，恨不得先生復生，而得有以請益焉。

像陳荊鴻先生這樣的人物，今時今日是極難見到的了。讀其詩、觀其書、賞其畫、思其人、想其行，直感到是古代的文人墨客降生於現代，常使我感到有淵明、杜甫、東坡的精神在其中。此是荊鴻先生秉承中國歷代之人文素養，涵煦古來的美感經驗，浸潤百代以來的士人風格，深自淬礪冶煉而成，非有超凡毅力、慧心睿智所不能達致者也。

先生生於憂患世代，歷盡流離兵燹之苦，然而，坎坷不容以減其志，崎嶇不足以滅其情，困頓不克以挫其氣。在最艱難的歲月中過着最豐姿多采的藝術生活。他本有兩次招他做官的機會，他都謝絕了，「腰腳自憐疏懶慣，寧堪斗米拜衙胥」，說得真痛快。「平生揮手千金盡，剩有頭顱未肯低」，正是他天生傲骨的寫照。

我讀他的詩文，他為友人題畫、詠畫展、作書畫序的作品甚多，而且多是名家與大家，從不出現像今天那些介紹書畫那種鄙俗的以賣畫價錢為渲染的文字，即使是《贈齊白石》那樣的曠世大師，亦只說「丹青能換杖頭錢」而已。以價錢來定藝術品之高下，他是不以為然的。

不過，我終讀到他記敘他的書畫賣了百多萬元。原來這是他早年路經越南，有廣肇醫院短缺經費，他不忍看到貧病者喘息待治之苦，便捐出書畫百幀義賣。當濟世助人之時，才覺得藝術品之有價，而且是慷慨的捐贈，則可見其人風格之高潔矣。

他對於中國的山川、文物、人物，有無限的深情與鍾愛。凡他所知道的、看到的、值得記敘的，他都恐怕為世人所遺忘而把它們記下來。那些對中國學術文化、文學藝術特別有貢獻的人物，那些為國家民族慷慨赴義的仁人志士，那些具有人文意義的山水和建築，他都會一一考據記述。這體認了他那熱愛中華文化、尊重前人成就、為之傳薪接火的情懷。

他避難香江近半世紀。自謂「人生何地無安土，烏鵲求林只一枝」。然而這一枝之棲，使他成就了多麼可敬可親可崇的藝術事業，作育英才，桃李滿天下；而他那些詩作、書法，光芒耀目，必將不朽於後世。

第120期，1994年5月

憶趙聰先生

整理舊書，翻出趙聰先生所著的《五四文壇泥爪》、《中國五大小說之研究》二書，不禁懷念起這位可親可敬的長者來。他自大陸來港，在香港數十年，一直從事研究、著述工作，自始至終都在友聯出版社，對於香港的文化事業，有播種耕耘的貢獻。但是似乎不為人所重視，自他去世以後，今已多年，就更加為人遺忘了。

在《五四文壇泥爪》的自序中，他引了幾個人談及這本書的文章和書信。其一是當年《新生晚報》專欄作家十三妹女士。十三妹眼高於頂、憤世嫉俗，決不輕易讚人，但對這部書也認為作者有新材料和新見解，處理資料的手法簡潔利落。關於徐志摩的論述令她耳目一新。可見趙先生的研究甚有功力。

其二是周作人讀了十三妹的文章，那是他在港的友人鮑耀明先生寄給他的，他要求寄他這部書，讀到後給鮑來信說「大體可以說公平翔實，甚是難得」。周是「五四人」，能這樣說自是證明趙聰先生著述之嚴謹。

其三是司馬長風兄在《快報》專欄的推介，他稱他為「海外研究中國新文學的先驅」，推許了《大陸文壇風景畫》、《五四文壇點滴》（按：即《五四文壇泥爪》，《點滴》為港版舊名，《泥爪》為合版新名）、《三十年代文壇點將錄》、《中國現代作家列傳》這四部書。並認為他在《泥爪》一書中講徐志摩，是「我所讀評徐志摩文字當中最完備的，而且文字高麗，光彩四射，簡直美不勝收」。

趙先生為山東人，北大畢業，其舊學根柢深厚，所以有《紅樓》、《水滸》、《三國》、《西遊》、《儒林》等五大小說的研究著作。對新學又涉獵廣泛，所以出版了上述關於新文學的書。他還是中國問題的資深研究者，在我主編《明報月刊》的時期，遇到大陸發生甚麼重大事件，我約他寫稿總是有求必應。他在毛澤東逝世之後，預測到四人幫之下場，料事如神，尤為讀者所稱道。

不過他有一項工作不大為人所知，是編註《友聯活葉文選》，這項工作自蕭輝楷兄從日本抵港以後，即任總編輯，總管其事。但自始至終，還是以趙聰先生出力最多，貢獻最大。這套《文選》，自五〇年代初開始，不知嘉惠多少香港的老師和學生，使他們對於課本中的文言文，有了清澈明白的解說，實在是功德無量。因為一般人不知道，因此我特別在此說明。

我到友聯出版社工作是五十年代初，還是二十歲不到，當練習生，趙先生已是中年了。我看見他從早到晚，直至深夜，仍在埋頭寫作。那時候單身者都住宿舍，各佔一床位。早午晚三餐都由社裏供應，趙先生家人在大陸，便亦過單身生活。他挨更抵夜，便是編註《活葉文選》。

他在社裏年歲最大，大家都尊稱他為先生。但他最有童真之態，我最印象深刻的是他每日都在午飯晚飯後打康樂棋，興致勃勃，大聲呼叫，打角棋的時候就大叫「打莫斯科」，打下了就眉飛色舞。他為人隨和，不求名利，與世無爭，但專做學問和寫文章，卻是一絲不苟，嚴肅認真。我重讀他的書，他的映象又在我心中復活了。

第157期，1997年6月

波芙娃和阿格靈

關於西蒙．蒂．波芙娃（Simone de Beauvoir）的新書，她寫給美國小說家納爾遜．阿格靈（Nelson Algren）情書的結集，我先是讀到《世界日報》陳玉慧的報道，繼而讀到戴天《信報》專欄的評述。前者說其書名為《穿越大西洋的愛》，後者則說名為《波芙娃致阿格靈情信集》，不知是不是英文、法文本書名有異。據戴天說，原函為英文，轉譯為法文，是則有兩個版本矣。

天下情書本沒有甚麼特別，不外是情愛慾的表述，然而此書之引起特大關注，乃是以波芙娃之當年倡導女權主義，獨立特行，寫了名動世界的《第二性》一書，成為女權運動的「聖經」，而又身體力行，終生不結婚、不生小孩，與存在主義大師沙特保持「情人」關係，互不干涉彼此與他人的性愛，但是竟然在致阿格靈的情書裏，徹底投降，變成一個向男人低頭服貼的普通小女子，完全違背了她伸張女權的原則，這才引起人們的驚訝。

據戴天及陳玉慧的引述，波芙娃向阿格靈赤心剖白，她要為他做一個「煮飯買菜洗衣服」的女人，沒有他的允許連他一根頭髮都不敢動，她願意做一個「服從他的阿拉伯女人」，任他娶妻小無數，只要她是其中之一。又說「對你極盡思念，愛你猶如命中之夫」，愛你「全心全意、五臟六腑」，使她成為「真正女人」，「對你終難為忘懷並深感愉悅」，「有如初戀」，云云。

這些話語，就像是懷春少女初嘗情愛的迷戀，不過更可以說是小女子的「妾婢心態」，或者說是「二奶心態」。這使我想起杜思也夫斯基的一句話，他說女人在熱戀之中，就像是一個「奴隸」。然而對於像波芙娃這樣一個存在主義者、女權主義者、舉世知名的文學家、以反抗婚姻束縛、追求自由獨立的女性自居，到頭來也不過是像一般平凡女子一樣，在所愛戀的男人面前完全喪失了自我，實出乎人們的意想之外。

在阿格靈這一邊，卻不領情。他在一九六九年到香港，戴天介紹我和他認識，我曾問過他對波芙娃的觀感，他連說「她出賣、她出賣！」我不知道他說的「出賣」意指甚麼，也不好追問。我猜大概是指她「面首」太多，愛情並非專一。她既然和沙特維持終身的「伴侶」關係，另外又交不少「情侶」，也就是將愛情到處「出售」了。阿格靈不能接受她這一套，也是很自然的事情。

當年是《明報》十週年，阿格靈參加了慶祝酒會。當年也是「五四」運動五十週年，創建學院舉行紀念晚會，他也參加了。但他不太喜歡，對戴天說是像「黑社會」活動。那次晚會恰恰是由我主持的，幾十個人圍坐地上，燈光調得昏暗，重現「五四」事件的情節，包括朗讀宣言、誦詩、唱歌等等，慷慨激昂，情緒高漲，有一個模擬當年抵制日貨的鏡頭，掛了一塊白布，用一支強力燈把一個跪下的身影投影在白布上，表現當年學生跪在商人面前請求不要售賣日貨，氣氛確是沉重的。

阿格靈當晚不能欣賞，有秘密會社集會的印象。但他第二天到書店買了周策縱教授的《五四運動史》來看，馬上改觀，對戴天說，你們這樣做是對的，應該的。我很佩服他這種求真的精神，把事情弄個明白，消除了誤解。

這些往事，一晃將近三十年，因讀到戴天談波芙娃，一時憶及，乃略為之記。

第156期，1997年5月

文化再思

《論語》上的話辯護，笑着對我

養也」辯護？」這其實也可以辯護

而優則仕」是其中之一。（註）責備

俗得不得了。如果單單這樣來了

但似乎是讀書人唯一的出路，於是

退了，讀書人一味想做官，所以

停滯，科學落後，由是孔老二弟子子夏

要見夫子。那老人

子路，留他住宿，並另

子說：「隱者也。」於是子

子長幼之禮節，但為什麼又

君子之仕也，行其義也。」

這個「義」字可以解為「正當」

有了就是無政府主義，子路則是孔子有政府主

府主義者。

「不仕無義」，不做官就難有政

「行人間正義也」（「君子之仕也，

春秋時代讀書人的出路很少，行其

做官。同時，那個時代其他「求正義

沒有社會組織，沒有大眾媒體，但

義，自己可以行仁義。有了「匡正天

到了孟子就說得更清楚了，他

道，志於仁而已。」「學而優則仕」就

理的事，務求行仁愛的政治。因之

理想做引導，並不是為求身官發

（註：這句話的關鍵

節日與中國文化

中國人在外國，最感失落的日子，便是中國節日的來臨。沒有陰曆日曆的，已經完全渾忘，倒也好過一點；明知是大節日，身邊周圍卻沒有這種氣氛、這種感應，還是像平常日子一樣的過，一旦感念，今天是中秋節啊！這滋味實在是不好受。為什麼我們中國人，對節日如此深刻的迷戀？

香港人何幸，仍然可以過節。這是中國文化的一部分，香港是個西化的社會，中國文化的東西，已是剩下沒有多少了。但是最少有兩樣東西，還是強韌的生存着，一是我們的飲食習慣，一是我們的節日禮俗。它們不像日常禮節和穿衣打扮一樣，可以為西方文化所完全代替。在中國大陸，情況也是如此，即使在文化大革命那樣的「破四舊」日子裏，過節還是破不掉。中國人似乎命可以不要，過節卻一定要過，為什麼中國人如此頑強地保護着這些節日呢？

我們相信今天大多數中國人過節，並不是虔誠而有意識地為了實踐這些節日的意義，但是也決不光是為了大吃一餐而過的。這些節日已經成為民族本能的一部分，是有意識的但又是非意識的，了解其中的意義卻又不純粹是為了其意義的。無論怎樣，節日還是要過。

中國這些節日，是文化特質的反映。有中國文化和中國民族性，才有這些節日。其內涵與西方文化的節日完全不同。西方文化的重大節日在聖誕節、復活節之餘，還有其他節日，大多數都與宗教和神有關。但中國不是如此，中國人的節日是人文和倫理的節日，顯示了人本文化和西方神本文化的不同。

中秋節是一年中的大節，如果我們問中國哲學中的所謂「天人合一」是什麼意思，中秋節可以充份說明。一年當中的最圓最大的月亮之夜，本是一種宇宙規律、一種自然現象。但是中國人卻沒有把這種現象，當作是一種科學的探求、知識的追問。也沒有藉着這個美麗而奇妙的自然現象，把光榮歸於上帝，而對神歌頌起來。反而是把這種自然現象，一下拉到了人間，大自然的月亮如此圓美，人間也應該如此圓美，而有一種團圓親和之情。

中國的節日如端午節，是對一個古代詩人的人格的讚美，如清明節，是「幽明相通」的對已逝的親人的思念，如春節，是人間的歡樂與交往，幾乎沒有一個大節日，不是扣緊於人間和以「人」為出發點的。這就是所謂「天人合一」，也就是所謂「人本主義」，「人文精神」。從節日看，這些哲學名詞並不深奧，它們也代表了中國特殊而且可愛的文化特色。因為有此深厚的人間意義，所以這些節日為中國人所共愛與共守。

第17期，1985年10月

月亮文化

去年我在市政局「中文文學周」演講，提出中國文化是「月亮文化」這個概念。有些人就問我：是不是你第一個提出來的？我說我不是抄襲人家的，確是沒有見過這個說法。不過這也不是什麼創見，中國人大都心裏了解，只是沒有說出來吧。

我見過梁啟超說過同類的觀點，不過他是就中國文化本身來說的。他用「乾坤」兩個字，中國文化中有「坤」文化與「乾」文化，認為中國積弱，乃是中華民族都奉行「坤道」而不行「乾道」的結果。儒家剛健進取的一面逐漸衰微，而儒道佛陰柔的一面大家奉行，乃呼籲復行「乾道」，揚棄「坤道」。

我說中國文化乃是月亮文化，是從詩詞裏偶然發現的。不管是《全唐詩》、《全宋詞》或是其他詩集，隔不了三五首就有「月亮」，我想這是世界各國詩文裏極之罕見的。而為了不使「月亮」這一詞語重複，中國古代文人不知用了多少其他的字眼，來代替「月」這一字。

古代天文官讚美月亮說是「月行中道」，即是月亮從不暴烈之謂。從農業社會來說，當然也歌頌陽光，沒有陽光萬物不能生長，不過由於陽光有時暴烈，中國射下九個太陽的神話，正是這一明證。而這個神話的主角的妻子又變成了嫦娥，成為中華民族亘古以來崇愛女性陰柔之美的象徵。與希臘神話裏的月神是弓射手善於射獵是多麼的不同，而希臘神話中的太陽神，受到如此廣泛的歌頌，又與后羿射太陽何其相反。這種對比，大概就表明大地農業文化與海洋漁獵文化、以及固守土地與出洋遠征的民族風格之不同。

月亮在中國文學裏、在日常生活中，有很多象徵意義，中國為什麼要用月曆而不用陽曆，這是曆法上的事情，筆者是完全不懂的。從文學和生活方面來看，月亮文化最廣泛、最深遠的象徵，大抵就是「情」之一字。所以月亮文化其實也就是情的文化。

如果我們把中國文學裏，月亮所代表的象徵一一研究，是可以寫很多篇博士論文的。光是李白一人，已有無數意義可以發揮。李白是月亮的崇拜狂者。對着月亮喝酒成為他的特色，當然也是其他中國詩客文人的特色。身後居然還有醉中撈月而死的故事。而歷代相傳深信不疑，這究竟代表中華民族性的一種什麼情懷呢？

在中國人心目中，月亮代表人間情、倫理情、萬物情。一抬頭看見月亮就有情，這應是別的民族文化很少見到的。在詩詞文章裏，月亮幾乎是「百搭」，與一切事物都可以聯起來而成一境界。

中華民族的月亮文化非常可親可愛，代表善良、溫柔、念舊、重情、守潔……的一面，很可惜不能抵抗太陽文明。西洋文化與東洋文化都是太陽文明，進取、擴張以至侵略，中國百年來吃他們的苦夠了。但中國近數十年亦曾受自己太陽路綫之苦。究竟我們今後在文化取向上，要怎樣調適呢？

第42期，1987年11月

不要再有屈原和屈原心態

李默送我一部新書，題曰《滄浪》，她的母親用心地為她寫序，似乎也為她命名。這次《滄浪》，語出楚辭；以前《蒹葭》，源於詩經，十分古雅。

「滄浪」一詞令我產生許多聯想。主要是關於屈原的。我竟自問，屈原人格、屈原心態，長久以來在中華民族歷史上為人廣泛稱讚，究竟是好事還是壞事呢？

「滄浪」是「漁父」裏的一首歌，是打漁的與屈原對答後而唱，唱過以後，就不願再跟他談話了。與「卜居」一樣，這「漁父」也是後人做的。作者從屈原的故事，而論及到如何處世做人的問題。「卜居」這個「居」字，從內文來推敲，就是怎樣做人的意思。屈原所問十多個問題，都是應該怎樣做才對，是一種人生的抉擇，一個人格的探求。這當然不是占卜者所能決定的。所以說「用君之心，行君之意，龜策誠不能知此事」。

在「漁父」裏的對答，也是一樣，世間如此渾濁，眾人都醉了，唯自己清醒，怎樣做才對呢？這打漁者顯然與屈原有完全不同的人生態度，似乎是接近道家的隱者之流。不過又沒有許由、巢父那麼斷然絕世棄俗。所以他唱的歌：「滄浪之水清兮，可以濯我纓，滄浪之水濁兮，可以濯吾足」，實在是一種圓通處世的辦法。你何必管世間是不是腐敗，政治是不是修明，世間好，滄浪清，那你就可以出仕、用世、發財、做官，都成呀！（洗你的纓冠）。如果世間壞，滄浪濁，那你可以隱居、漁耕、自保、避世，都可以嘛！（洗你的腳）。何必這樣憤嫉不平呢？

這當然不是屈原所能接受的人生態度。屈原不屈，一死明志。大抵中國人歷來歌頌他，便在於此，屈原人格的完成。

屈原之自沉，既表忠貞，復顯抗意。那是統治者的強權與昏庸逼出來的。細考下來，無論是漁父與屈原，兩種人生態度，儘管南轅北轍，也還是與政治相關。古代隱者之所以要出世，主要原因之一，就是統治者太兇殘、太霸道、權力無法約制，出仕太危險，而間接催生出來的。屈原之死，也就是統治者可以用完全不公平的手段對付你，那你有什麼辦法呢？

因此，在我們每年端午節，看來這麼熱鬧，其實是代表着民族歷史的沉重悲哀的。大抵當初紀念屈原，一方面歌頌他的人格，為他抱不平；但在同時，其實也代表一種民族心理，也是對劣政、對統治者以絕對權威濫用權力，把人流放，作一種間接的抗議，對統治者的一種警惕：看！一個國君這樣地不公平對待屈原，可是我們要用另一種方法來紀念和讚美他。

這代表中國人民之正直善良。可是也證明我們數千年來對統治權力的約制根本無效，只能用這樣的方法紀念屈原來間接表態。我認為我們中華民族，不要再有屈原心態——只能一死以表忠貞。我也認為中國政治不應再出現屈原。要人人有不可侵犯的尊嚴與權利。哪能隨便將人流放！

第46期，1988年3月

學問三境界

讀書求學問究竟有沒有一個好方法，在我自己的經驗來説是沒有的。我讀書讀得很雜，只憑自己的興趣，又因為當了許多年的編輯，就使我讀的東西更駁雜。凡是來稿，無論是講什麼學科的都要看，都要考慮用不用，用了之後又非要自己再校對一次不可。所知所識就像個雜貨攤。所以我編「雜誌」，這兩個字對我來説就是將「拉拉雜雜」的東西，都「誌記」在我的腦子裏。

如果是專業性的讀書，那是有法可循的。任何一門學科，都可以挑出循序漸進的書籍，例如你要專攻西方現代小説，專攻中國古典文學或中國歷史，我們可以選出一些必讀書來。但你説要做個「通識」的有「學問」的人，這就幾乎無法可循。或者你要掌握生命的智慧，你要對中西文化有個比較通盤的了解，要給你一個快捷的讀書法，就比較難了。

讀書大概有階段性，隨着年歲的增長，隨着知識的增加，每一階段會有每一階段的體悟。最好笑的是，我從少年時代就曾背誦《論語》、《孟子》、《左傳》的某些篇章，年歲大了也不會忘，一個個字我都記得，但是每一個字我都不知道怎麼解。這種死背書和根本不應在那個年齡教這些書的教育方式，當然是不足取的。說來慚愧，我是非要到三十歲以後才比較讀通《莊子》，到四十歲才真正懂了《論語》，可見我不是個聰穎的人。而且是我在讀了不少卡夫卡、尼采、卡繆、沙特、杜斯妥也夫斯基，又略讀了洛克、羅素等西方東西，經過了思想和精神的大翻騰以後，才像航行大風浪歸來，暫泊於這儒道兩部經典的港口。而我覺得這種航行是必須的，而且也有必要再出航。

讀書雖曰難有方法，但要通達、有學問卻要過幾個關口。第一關一定是學徒式的，只是吸收，吸收得愈多愈好。並不大能知道對錯。世界上許多學問，其實都只有一面之見，而且有許多是對立的。在這個純吸收的階段，最易犯的毛病有二，其一是早信。譬如說你一讀尼采，就完全相信了尼采，一讀沙特就完全崇拜了沙特，年輕時這是免不了的。但其實在有神無神的存在主義之間有對立，存在主義與理知主義之間相矛盾，不應輕信於一邊。毛病之二是賣弄知識，以這種輕信而表現自己的多識與進步。這種毛病我年輕時就犯過。

吸收之後，就到了第二關，來到一個可以比較的關口。有能力將他們互相並起來看，他的這個說法有這一面的道理，但另一面卻顯得空泛，必須看另一個人的說法。學問是沒有絕對性的。《莊子》天下篇對諸子各評得失，就是因學說沒有絕對性。莊子本人亦有得有失。西方希臘哲學如此，羅素、沙特如此，儒、道、佛也如此。

只有過了這個有資格比評的關口，才有所謂「融會貫通」的可能，才有孕出自己學問的機會。這已是歷盡萬重山、驀然回首而求得的境界。學問上能夠不惑，歲月也就到了不惑之年了吧？

第55期，1988年12月

對不起！孔老夫子

垃圾愈多，社會愈富裕，這是現代人對消費力的一種統計方法。而在垃圾當中，現代社會如香港者，什麼垃圾佔最大比例呢？我認為是紙張。

今天人類在食物上一方面是大浪費，但另一方面則鬧大饑饉，實是地球的一種矛盾和諷刺。而紙張呢？一方面有人大聲驚呼匱乏和短缺，另一方面卻又拼命地亂丟亂扔，毫不愛惜，那也是一種自我乖離的行為。

從事印刷業、出版業的人，知道紙張的供求已到了危機的邊緣。大陸上因白報紙不夠供應，買都買不到，而且不斷漲價，有許多家報紙說要因此停刊了。在香港、台灣和其他地方，其實也在鬧紙荒。紙張雖然陸續有供應，但價錢漲得太厲害。一登原稿紙，在兩三個月之間，已經漲價三次。其他白報紙、充書紙、書紙、粉紙、卡紙，無不在這兩三年間連番上漲，當然使出版印刷愈來愈難經營。在二十年前，幾個朋友合辦《盤古》雜誌，紙張的成本根本可以不計算在內，但現在的出版業，紙張卻是最大的開支。之所以如此，是人類在這二十年來，在消費主義的風氣下，浪費紙張實在到了不可原諒的地步。尤其在包裝、宣傳、招貼上面，幾無處不是紙料的大浪費。

紙是人類的偉大發明之一，源於中國，傳遍世界。到了今天，紙張的製造已到了歷史上的頂峯，千千萬萬種類、花樣層出無窮。但不能因為如此，我們就可以隨意浪費。想想在沒有紙張的時代，人們書寫要用皮革、要用縑帛、要用竹簡、木簡，你就會覺得紙的發明給我們多麼大的恩惠，就更不應浪費了。我認為這太對不起我們的祖先，太對不起孔子了。

在孔子的時代，他為了要將文化傳下去，成了第一個詩集《詩經》的編輯，也成為第一位文集《書經》的編輯，此外他訂《禮樂》、校《周易》、作《春秋》，這六部書冊所做的工作，如果他有紙張，就省事得多了。可是他沒有呀，一片片竹簡和木簡，堆滿了全屋子，一片一、二尺長，少者寫八、九個字，最多亦三、四十字，多麼吃力！西漢時代有個東方朔，給漢武帝寫了封信，用了三千根竹簡，要用兩個身強力壯的武士才能勉強抬得動，漢武帝足足讀了兩個月才讀完。孔子編撰這六部書，他那時已六十八歲，是多麼的繁重艱難？而現在的紙張如此方便，我們卻隨手隨丟，想到孔子搬動竹簡、木簡的辛勞，不免有點歉仄。

中國古來有「敬惜字紙」的習俗，對有字的紙不得踐踏，拿到孔廟去焚化，這是尊重文化。現在則是我們要珍惜紙張了。所以我們夫婦對舊日曆也不丟，要孩子們在上面溫習寫字，無用的印刷品單面無字的，也用來練字，一張稿紙只寫一半，另一半我也會裁下來留用。

樹木為製紙的原料之一，要多少年長成一棵樹？而我們在一分鐘內究竟浪費了多少紙張？長此下去，紙張自有短匱的一天，有貴到你不能負擔來印書的一天。所以現在就要珍惜和節省。

第48期，1988年5月

給孔子以公平對待

去年日本作家井上靖，以八十高齡出版了一部小說體的《孔子》，行銷一百萬部，在日本引發了「孔子熱」、「論語熱」。台灣把它翻譯了出來，卻不曾引起甚麼熱潮。

就中國近百年的文化潮流來看，孔子是二千多年來處於最受貶抑的時代。甚至把中國的貧窮、落後、專制、愚昧都統統歸罪於他。這當然很不公平，因為我們不曾好好了解他。因為許多為人所抨擊的封建罪過，原不是由他造成的。孔子之被「曲解」、「利用」和「誤用」，自漢代以來就開始了。

我們身為中國人，有一種國家的焦慮感、時代的急迫感。近百年受人欺負太深了，於是對傳統文化的評價並不客觀，統統拋掉、重新來過的意識非常強烈，至今仍然如此。特別對於孔子更認為是「罪魁禍首」。我們對孔子的評價不能保持一種適當的距離。所謂適當的距離，就是既非盲目崇拜亦非狂熱貶抑，而保持一種「如實觀」的態度。反之，較諸日本、韓國、歐美等看孔子，中國人要偏頗得多。徐復觀先生生前曾說，連蘇聯的漢學家，也要客觀得多。因為人家沒有為現存的那種自己國家的文化落伍感、國家危急感所困擾。即使有這種困擾，也不關孔子的事，所以比較持平。

孔子與幾個偉大文明的肇創者一樣，也是述而不作的人；像釋迦、耶穌、蘇格拉底。但是世界上很少人會根本不去讀釋迦、耶穌、蘇格拉底他們弟子和門徒的記述，就猛烈抨擊他們的。自五四以來，中國知識分子很多人不屑細讀一遍《論語》就徹底否定孔子，但他們對釋迦、耶穌、蘇格拉底弟子所記，則不一樣。可見這對孔子多麼不公平。

但我們不能忘記，論影響之廣被及長遠，源自華夏文明的孔子，與來自希伯萊文明之耶穌基督，印度文明之釋迦牟尼，希臘文明之蘇格拉底，不遑多讓，對人文精神的發展與貢獻，同樣巨大。

所以我認為首先要給孔子一個公平對待，你平日反駁人家總要先知道對方說過甚麼，是不是？我們先不要你像對待釋迦、耶穌、蘇格拉底那樣的態度來對待他，只須像平凡人那樣去對待他，問一句：「你說過甚麼？」

當你肯這樣去讀一下《論語》的時候，很可能就發生兩大困惑。第一，為甚麼這麼平實的做人的道理，自己竟不能達到十分之一。僅僅其弟子的一句話：「我幫助人家謀事和解決問題，有沒有盡心盡力呢？我對結交的朋友，有沒有不守信用呢？老師傳教我的東西，我有沒有荒廢而不練習呢？」

既不能做到，不免心中惶愧。他弟子是一日三省，但我們現代人一星期、一個月省一次也就夠了。但很多人一年十年都不省一下。

第二個困惑，卻是未必讀懂。以為自己很了不起肯去讀《論語》，夠虛心了。竟不得確解。讀都讀不懂為甚麼還要瞧不起人家呢？試舉一例，「君子不器」這個「器」字何解？如果我解釋為「有品德的人不能當別人利用的工具。」我想最反孔的激烈分子，也不能不贊成。

擾攘七八十年，平心靜氣對待孔子的時候到了。

第79期，1990年12月

男女授受，為何不親？

「男女授受不親」這句話，是被罵得最多的。我最近對這句話發生興趣，想到究竟應如何解釋的問題。

一般的解釋是「男女之間不可以交受物品。」這當然該罵，「禮教之防」已到了完全荒唐的地步了。但我對這個解釋產生了疑問。

我的疑問出自孟子的回答上。這段話是滑稽家淳于髡拿來要難倒孟子的。他說「男女授受不親，禮與？」孟子曰：「禮也。」曰：「嫂溺，則援之以手乎？」曰：「嫂溺不援是豺狼也。男女授受不親，禮也；嫂溺援之以手者，權也。」

我的懷疑就出在「援之以手」這四字上，「拿手來拉她」，那就是手與手或手與嫂子身體上的某些部位接觸了。孟子說這是「不得不這樣的」（權），如果不這樣做就是豺狼，救命緊要過一切，那能遵守那男女之防而見死不救呢？

於是我疑問「男女授受、不親」，是說男女之間交受物件，不可以接觸肌膚及身體（那怕穿了厚厚的衣服）。

這樣解釋是否比較合理？譬如即使在今天，你在辦公室拿文件給女同事，無意或有意碰到她的手，也是很不合規矩的，有時對方會大怒，打你一巴掌也說不定，如果你是有意這樣做而對方根本討厭你的話。

何況男女不能交受東西，即使在古代生活上也很難完全實行。難道都要請爸爸媽媽或小童小僕去送東西，又或男女送必用的東西的時候，放在地上、桌椅上或門口，然後大叫「東西在這裏，出來拿吧！」那樣嗎？

不管怎樣，《禮記》是古禮法，男女之防極嚴，上面就有男女「不親授」這三字，非常明確——「不能親自交東西」。

可是《禮記》這部書非常蕪雜，我不敢肯定是不是「大戴、小戴」兩人加上去或另外有人加上去的，這究竟是不是「周禮」的原來規矩，確很難說。於是我想必須看周代的書。一下就看《詩經》了。

《詩經》「周風」代表東西周人民的日常生活，是經孔子編輯用來教學生的，這裏面倒並不是男女不可親自交受東西。

「那姑娘多嬈麗呀，送我一支紅彤管，那彤管紅閃閃的，你這麼漂亮我真喜歡。」（「靜女其孌，貽我彤管。彤管有煒，説懌女美」）。

正像「投我以木瓜，報之以瓊琚」，是不是親手授與？也說不定。不過「男女混雜，大家玩笑，互相贈送芍藥」（「維士與女，伊其相謔，贈之以芍藥」），卻很難不親自交授了。《詩經》情歌不少，有幽會的，有互贈的，有握手的，男女之防似乎沒有那麼嚴厲。如果他們生活不合「周禮」，怎還可以這樣？編《詩經》而崇周禮的孔子不是勃然大怒了嗎？不過，這是我把一個學問上的好奇心，寫出來，還不敢完全肯定自己的解釋。

第81期，1991年2月

孔丘的最大冤案

最近我常翻美國大史家威爾．杜蘭的《世界文明史》，在他講到孔子的一章，忽然冒出來一句感嘆：「我們希望這不是真的！」（Let us hope that it is not true.）

又讀到柏楊的《資治通鑑》的「廣場」，一個台灣學生也同樣感嘆，「孔丘也殺人！」使他非常沮喪和不快。一中一西，一老一少，都為孔子殺少正卯的故事，而感到耿耿於懷。好像這麼偉大而仁慈的孔子，怎麼一得到權力，就幹出這樣荒唐的事情來呢？

唉！我也來一句感嘆，訊息的傳播又多麼難啊，這不過是一個假造的故事，已由已故徐復觀先生加以解決了。

杜蘭盛稱孔子之餘，說到為什麼孔子要殺少正卯呢？他的轉譯是：「少正卯這個人，能夠在他身邊聚集一大堆人，他的言論能夠輕易地誤導羣眾以邪為正，他的辨詞又足以使人們離經叛道」。

他引用的資料肯定孔子殺人的是胡適，反而否定曾有此事的是引外國人理雅各（J. Legge）。這是文化爭論上有趣的對比。不過雅各引的也是中國資料。

以上所譯的話對西方讀者來說，是會惹起對孔子最大的反感的，因為這根本就是壓制言論和思想控制，如果能吸引羣眾，說話有說服力，使人對陳言舊說有反省能力，也算是罪名的話，那孔子這個人一旦做官就是獨裁。

孔子誅少正卯的故事，本只有五項罪名：「心辨而險，言偽而辯，行辟而堅，志愚而博，順非而擇」，這已經是欲加之罪，何患無詞。孔子怎會這麼專横和霸道？而後又加上「故居處足以聚徒成羣，言談足以飾邪熒眾，彊記足以反是獨立」，這就是以上譯文的由來了。

但凡反孔反儒，都必以這個故事來痛罵孔子。「五四」時代是如此，「批林批孔」時期亦如此，海內外這麼多年的文化論爭，總會有人以這個故事來貶抑孔子的所謂「仁愛」、「教化」全是假話，是個偽君子。幸而我讀到徐復觀先生極精確詳盡的攷證和論據，才知道這是一個千古冤案。否則也就無從置辯了。

徐先生此文收在《儒家政治思想與民主自由人權》一書中，在此也不必細述了。為了避免以後還有人屢屢引用這個錯誤的故事，所以我才複述一下，不過我知道這是不能完全避免的。特別是聽說山東出了一本《孔子傳》、大陸又在拍攝「孔子」電視劇，不知會不會引用這個子虛烏有的故事。

要而言之，這個故事是法家假造的。因為孔子自漢以後受到「獨尊儒術」的崇重，而秦漢的統治又實際行的法家專制，孔子的名氣，當時已經很大，法家就利用孔子也要行嚴刑峻法、思想言論控制來鞏固統治。便造成了二千多年的奇冤。

要命的是司馬遷《史記》極敬重孔子，也引了這個故事，經徐復觀先生攷證，這是東漢以後加入的。一個學術真偽的辯證是多麼難啊！

第84期，1991年5月

富裕社會的螞蟻

螞蟻的生活是教科書上都說的，誇讚牠們的美德，勤勞和團結，然而螞蟻作為動物一族，卻是太辛苦了。

多年來我觀察螞蟻，有種新奇的體驗，我發現螞蟻的生活似乎愈來愈困難，這是鄉下與都市的比較。我鄉村生活的時代是戰爭時期，人的生活也很艱難，物質太缺乏了。但那時候的螞蟻和人，都顯得閑適些。

我發現都市的螞蟻有時寒冬也出現，這絕不是鄉下生活之時所見的。那時候的螞蟻一到冬天就絕跡，秋後已比較少見了。牠們都冬眠休息去了。然而我見香港的螞蟻有時在冬天還不太寒冷的時份，仍然有爬來爬去覓食的，往往孤單走路，不是一隊隊的你追我趕，我很為牠們可憐了。

更令我驚訝的是，冬天時早上一開水龍頭，冲水㷫茶，竟是一水鍋的螞蟻，我氣得要命，因為不察覺的話就變成蟻茶了。但我又興起同情之心，在那貧乏的年代裏，螞蟻何須在入冬之後也要圍住水管口的呢？

螞蟻如此，人又如何？香港是個「富裕」的社會，但卻像都市裏的螞蟻一樣，愈來愈忙碌，生活的壓力也愈來愈大，這究竟又為了什麼呢？這個問號有人說過，那位命運悲慘而又才氣橫溢的金聖嘆，在一六幾幾年的時候，有天大清早打開大門，看見人們挑擔提籃的趕路，他問人如此奔忙，為了什麼？

在他那個距今三百多年前的日子，稍加想像，與今天清晨趕地鐵趕巴士一臉焦急的人們的神情，則知那個年代的奔忙，幽閑得像蝴蝶。

於是我想，富裕的香港社會，我們的生活要學什麼動物呢？

蝴蝶！人們會不贊成，教小孩子的童話都說蝴蝶是「懶惰」、好玩並不知道籌劃將來的動物，我們香港人不可學。那麼是否可學蜜蜂？這是像螞蟻一樣的勤勞動物而教小孩子的，但我說過富裕社會的螞蟻似乎生活愈來愈奔忙，而富裕社會的都市人是不是像螞蟻先生女士們一樣忙碌？蜜蜂其實亦同都市人類一樣命運，花朵樹木愈來愈少，生活就更加忙亂了。我認為也不可學，何況蜜蜂也很少見了。

都市生活的人學什麼好呢？還是以飛鳥為最好模範。鳥兒絕不偷懶，有牠們勤奮的個性，然而他們最懂得勞逸結合，幸而香港是海港，我們仍然可以看到飛鳥在海空上飛翔。

牠們覓食之餘，我在窗口觀察牠們很久，就是啄毛，好像很喜歡清潔衞生的樣子。難得的是能夠歇息，停在樹上、窗框上、冷氣機頂 上常常靜觀世界。在天空自由的飛翔也許是最快樂的了，但真正令人羡慕的是唱歌，似乎是藝術的愛好者。所以我奉勸諸君不要做富裕社會忙上加忙的螞蟻，學習鳥兒的方活方式吧！

第86期，1991年7月

中國人失落了什麼？

中國失落了甚麼東西？這是個好題目，但回答也並不容易。我們認為有的東西，失落了是很可惜的。壞的東西在中國傳統文化裏也有很多，丟掉它們唯恐不及，就不必嘆息了。

十多年前，我曾慨嘆中國文化的最大失落是宋詞的曲調，如今只有詞牌而沒有曲譜，除了姜白石十多首，數萬首的宋詞竟都唱不出來。本來是當時的流行曲，人人都懂得唱的，好像一陣颱風都給吹得灰飛煙滅，也是中國文化的怪事之一。這恐怕與元朝入侵無關，而是靠口傳，口傳便在兵荒馬亂中逐漸傳不下去了。沒有符號譜是主要的原因。

但是中國文化繼續失落。這在資本主義以及社會主義的中國人社會，都差不多一樣。

筆者在本欄寫過一篇《人類是不是動物化》？是說如今兒女長大之後像鳥兒會飛一樣，就不再理會父母。承維樑兄看得起，他讓他班上的學生讀了。我問為甚麼，他說他正在教《陳情表》。

像《陳情表》這樣的感情，現代人是很難具有的。他為了侍奉祖母，寧願不做官。這種感情實其就是念「恩」。父母養育之恩在古代被認為是至高無上的價值。

筆者曾說過「這是個摔記憶的時代」。把記憶摔掉，也就不再念舊了。我說古代夫妻是「恩愛」合稱的。既有「愛」亦要有「恩」。單單有愛還不夠，好像缺少了一條紐帶，沒有連結得那麼牢固，隨時都可以分離，也可以又愛別人。

「恩」是高貴的心靈活動。「恩」字有「因」亦有「心」，「因」「心」即表示由心靈自然而發出的。

人的心靈本能之一就是念舊。夫妻之間，只要想想過去兩人戀愛時的心情，一種生死與共的情懷，所說過的話，所走過的足跡，結婚以後的關懷與互助，種種同甘共苦的快樂，如果兩人都能如此，當不會一拍桌子說離就離了。

中國文化所喪失的最重要的是「人倫」價值。與希臘文化的理性主義最大的分別乃在於中國重視人倫；中國「情的文化」是最可寶貴的財產。

但是，今天的男女關係已沒有過去那種高貴與自尊。過去男女結合比之於「天地」與「陰陽」，「執子之手，與子偕老」，今天那樣的觀念與情操在哪裏呢？

人生價值的失落不僅在於夫妻關係，更可惜的是父母子女恩情的失落；再有的是師生的恩與情的淡薄。師生之恩情在傳統文化裏就等於父母之情一樣。有些人甚至認為「教」比「養」更為重要。

友情，我們讀中國古代的詩詞文章，感人之深，至於淚下，現代又如何呢？人生而寡情，恐怕生活就空虛、乏味了。這也是現代人的悲哀吧！

中國歷經革命，常使人懷疑在打倒壞習慣之時，是不是像使用殺蟲水一樣，壞蟲好蟲也一併消滅掉了。

第92期，1992年1月

六優六缺的中和

孔子這個人這麼重視教育和學習，中外古今的偉人是沒有甚麼人比得上的。中華民族這個重視教育的傳統。一直維持到今日。移民外國的中國人家庭，譬如在美國，公認中國人比其他少數民族，最重視子女教育。

「仁」是孔子哲學的中心。應該是至高無上的德行了。但是孔子認為光是有「仁心」還不夠。他說：「好仁不好學，其蔽也愚。」

原來單單有愛心，對人好，是一種蔽塞，這蔽塞就是愚蠢，所以一定要學習。想想這句話也對。在我們這個社會上，確是有這種人，他對人人都和善親切，對任何人都開懷幫助，什麼事情都不計較，黃大仙有求必應，孔子認為這樣不成，這只是一個「濫好人」。

「不好學」就是沒有知識，不懂得判斷是非對錯，一味對人好有什麼用？有時還會幫了人去做壞事，而且使對方一直錯下去不知改過。這就變成「愚仁」而「害人」了。

那麼學了很多知識就夠了嗎？孔子又有話說了。他說「好知而不好學，其蔽也蕩。」

一個人什麼都想知道，好奇心也極大了。他一定相當博識，為何孔子竟說這會受「蕩」所蔽障？

什麼是「蕩」，大概是放蕩、浮蕩之意，是一種無所拘束的行為，像是蜻蜓點水、蝴蝶採花、東掂西沾，樣樣都知道一點點。結果一事無成，不能有深刻的學問。漫無所歸的輕淺知識，也不可能了解人生的大道理。

孔子又說：「好信而不好學，其蔽也賊。」這個「賊」字可說得厲害了。是害人害己。但「信」在孔子眼中是很高尚的道德，他和弟子都不知說了多少遍。我們平日待人說過的話不算數，答應了人家的事情不兌現，當然是要不得的。但這裏這個「信」字，大抵是過份老實之謂。一個人若對任何事情都沒有半點懷疑，不肯用思想來判斷，這種輕信是笨鈍愚昧的。另外，如果他輕諾，什麼事情都答應人家，答應以後就照做，則幫人帶白粉也有可能，就會損人損己了。

這是孔子對子路說的話，可能子路就有這些弱點。這位老師又繼續說了三句：「好直不好學，其蔽也絞；好勇不好學，其蔽也亂；好剛不好學，其蔽也狂。」

「好直」的人，可能就是不會轉彎的人，一往無前，想做就去做，從不深思熟慮，不免流於偏激急躁，當然不好。「好勇」的人也是一樣，一味只知橫衝直撞，什麼都不怕，終歸會出亂子。至於「好剛」，則是不信邪，永遠死牛一面頸，凡事決不讓一步，雖然剛強，但做事待人就不免狂躁。

以上「仁、知、信、直、勇、剛」，本來都是優點，但是即使有這些優良的本性，如果不讀書、不學習、不思想，便都成了缺點，至少在孔子看來是一種蔽塞和障礙。可見孔子所求於學生者是一個整全人格，而他認為，這只有從不斷學習中得來。

第99期，1992年8月

法家是中國文化的罪人

漫長封建時代統治着中國的，是不是儒家及其思想，我最近甚為懷疑。大多數人都毫不遲疑的一口咬定，中國之積弱、中國之落後、中國之專制、中華民族之奴性，是儒家統治的結果。自新文化運動以來，幾乎成為統一的結論。胡適、魯迅尤為反儒家的兩面大旗。

奇怪的是，很少人想到法家。好像那是自秦皇朝以後就再不存在似的。其實，歷代皇朝真正統治着中國的還是法家及其思想。在現實政治層面上，法家統治着中國，權力中心的專制皇朝，毫無例外，都運用法家手段來維持它的統治。儒家思想起過甚麼作用呢？不過是拿來勸勸皇帝，要做堯舜禹湯文武，不要徵那麼多的稅，不要蓋那麼多的宮殿，不要狩獵嬉戲，不要窮兵黷武⋯⋯這就是所謂儒家的主要功能。實際發揮的力量少得可憐。

絕大多數這些儒家的諫官和大臣，當他們誠惶誠恐、臣罪當誅的規勸之時，是在一個巨大的陰影下面說話的。這個陰影就是法家所建立的帝皇絕對權力。嚴格來說，在《論語》和

《孟子》中並沒有賦予或者贊同統治者具有這種至高無上的權力，那是法家所倡導的傳統，二千多年延綿不衰。

法家思想躲藏得很聰明，它自漢朝以來披上儒家的外衣，假造孔子殺少正卯的故事，以證明儒家的老祖宗也是利用法家手段來治國，又創造了甚麼三綱五常。其實歷代皇朝儒家其名、法家其實，法家其內，儒家其外，儒家不過是門面裝飾，法家才是實實在在的統治機器。像唐太宗那樣行仁政的「儒家皇帝」，在歷史上數不出幾個來。

怎樣體現絕對權力？所謂專制，不過是嚴刑峻法。大多數人把中國皇朝種種殘酷的刑罰，都歸罪於儒家，我讀到和聽到這種話的時候不禁好笑。有甚麼辦法呢？他們只知道一個儒家，卻看不到躲在儒家背後的活殭屍。甚麼斬人的頭，剝人的皮，一片片肉割下來，把人在湯裏煮熟，剁為肉醬，活活燒死，斬掉四肢，五馬分屍，誅三族、九族、十族……殺人的方式千奇百怪，武則天這麼漂亮的女人，在刑罰上就是一大發明人。

我們在儒家思想中哪裏看到這種殘狠殺人的想法？孔子他們連犯了罪的人受刑罰，都認為如果沒有教育過他那就不對，沒有受過軍事訓練而派人民去打仗就是送死。儒家愛惜生命，法家殘戮生命。

法家的罪惡第一是專制，第二是酷刑，這兩者相輔相承，沒有專制就沒有酷刑，沒有酷刑就鞏固不了專制。這兩個惡魔，從皇權寶座上走下來，附黏到大大小小的官吏身上，從中央到地方，形成了巨大的刑網，令到人人怖怵惴慄，俛首束步，動一下眉毛都怕冒犯天條，觸動虎威，人民的奴性便這樣子種下了根苗。

所有的臣屬亦在此刑網之下，一下皇帝不高興，就會身首異處，株連宗族，叫他們怎樣能有氣慨和人格，怎樣實行儒家之道呢？反之，他們也會變成法家，反過來以同樣手段來對付別人。於是這個民族元氣消融，人性墮落，懦弱無知，所以我認為法家對中國為禍至大。

第101期，1992年10月

有涯之知與無涯之知

最近我到「三聯」一次，大吃一驚，發現大陸近年出版了這麼多新書，很多都是我有興趣讀的。是買呢還是不買呢？令我躊躇了好久。因為家裏房子小，已有書滿之患，正要淘汰一些出去，撿起來又放下，終捨不得。以前在辦公室裏的書，由於遷址，我也不敢搬回家，送出去了絕大部分，怎好還買新書呢？

買不買新書，我還有另一種想法。感到一有適合自己興趣的新書就買，好像是夸父追日，永遠追不完。於是，更加有「生也有涯而知也無涯」的感嘆。

莊子這句話，近年來對我有愈來愈深重的感染力。在這個資訊爆炸的時代，僅僅從報紙、雜誌、電視、電台所得來的「知」，已經令我無法承受。有時候真想對這些每分每秒不斷轟襲而來的訊息，採個不聞不問、不看不理的態度，過隱居的田園生活。這當然僅能是個夢想，你一旦生活在現代人間，在中國和香港這種處境下，至少是關於中國的訊息，你是無可遁逃於天地之間的了。

你說，書籍，跟那些大眾傳媒的資訊不同，它們要有價值一些。但是，在我來看，其實也差不了太多，它們都屬於「知」的一部分。不過，一種是動態的，一種是靜態的，它們都是所謂Information，不同的是，大眾傳播的「知」生命時刻可能短一些，書籍的「知」存留時間可能久一些。一者可說是「知聞」，一者可能是「知識」，都脫不出莊子所說的「知」的範圍。

於是，不斷的買別人的書，讀別人的書，我更有點不服氣了。如果我仍是二三十歲的小伙子，是必須拼命吸收別人的「知」的歲月，那我是毫無怨言的，而且會努力鼓勵自己一定要這樣去做，但我年及耳順，還是像年青小伙子那樣，追逐那永無止境的別人的「知」，精力已衰了，不僅是不自量力，而且也來了一個警號：那你自己的「知」又是甚麼？難道永遠只追別人的「知」，自己竟沒有「知」來給別人追逐一下嗎？便覺得有點慚愧了。慚愧到追求新知，都躊躇起來了。

我又發現，那些書本上的「知」，跟那傳媒上的「知」，都遭到同一的命運，就是不斷地被取代、被淘汰。傳媒的「知」分分秒秒都不同，屢轉屢易，這就不說它了。但就算是書本上的「知」，某一個看法，某一種觀點，常常會被另一種新看法新觀點所取替。有時知識上的客觀事實也有錯誤，為後來者所糾正。有時，一個學派、一種思想特別流行，如存在主義和邏輯實證論，風靡一時，如今竟聲沉貌滅。再如一下就甚麼結構主義、後現代主義，一下又什麼麥魯恆，一下又「第三波」，竟似走馬燈一樣，我難道要永遠跟着它們的屁股後面，永無止歇的兜轉？

有此一悟，我就更加覺得莊子那「有涯無涯」的喟嘆，乃是覺得永遠追逐外在的、外來的、別人的「知」的困境與悲哀，他便自己來創一種「無涯之知」，滲透天地宇宙人間的奧秘，永世不會被取代被淘汰，那就是從知識昇到智慧的層次去了。知識像流水，隨來隨去，智慧像高山，萬代巋然屹立。大抵孔子、釋迦、耶穌、蘇格拉底等等，都有從「有涯之知」到達「無涯之知」的能量。

我永無法達到這種境界，也不奢望有此境界，所以，下星期我還是到「三聯」去買書。

第111期，1993年8月

關於重建中國文化

這幾十年或百年以來，大多數人講中國文化。有人要打倒，有人要維護，有人要去蕪存精，但究竟中國文化是什麼，誰也說不上來。或者是誰也不能全面的，完整的說得清楚。

這因為中國文化的歷史太悠久，又太多樣和駁雜，而文化二字，又涵義太廣。我自己也為此問題思考數十年，仍然是不能得其答案。

不過，「新儒家」的答案倒是我所願意接受的。因為他們第一是分判了中國文化與希臘文化、基督教文化、印度文化之不同。從而顯示了中國文化的特徵，這一點就很不容易，就像在眾多相異的樂音中辨認出一種獨特的樂音一樣。但此獨特的樂音，卻又不是一種聲音，而是無數的聲音，那又要花另一種功夫，把其中相通的主調找出來，而定之為中國文化的主要精神。這是對中國文化二千多年來，第一次的鑑定與反省，歷史將會重視此一努力和成就。

而且，新儒家們還再作進一步的工作，找出中國文化的缺失，而以外國合適的音調與之相配，以填補其中的不足，主要是民主和人民的權利，還有科學的理性精神（這一點「新儒家」並沒有特別的強調，但亦有此涵義在其中）。

同時，亦把中國文化本身彼此格格不入的異調，加以剔除。其中，最不協調的聲音便是秦始皇式的法家，為「新儒家」所不喜。可嘆的是，中國歷代封建皇朝，外儒而實法，成了矛盾的統一。事實上這是中國歷史文化的不幸。不過，現代有些中國人仍然推崇法家，並肯定這是中國文化的重要一部分，以為這就是講現代的「法治」的源頭，令人驚異。任何社會都要法治，但不是秦始皇時代法家的法治。法治如果否定人文精神，拒絕民主精神，是要不得的。

胡適先生提倡科學與民主，很了不起。但他同時也否棄中國傳統文化，近乎一種有你無我、有我無你的二分法態度，與新儒家之要求中國文化與西方精粹文化相結合的融和貫通的態度稍有不同。不過，胡適可能是認為急病要西方猛藥，談不上中藥的調補中和了。

經過關於中國文化百年來的論爭，到二十一世紀來臨的前夕，發現這種論爭甚為無謂，是中國要建立一種新文化的時候了。「五四」時代已開始吶喊的「新文化」，屢遭頓折，建立不起來，數一數手指頭，已經七八十年了，一個國家的文化，哪能經這麼長時期的折騰？

重建中國文化，單單恢復儒家傳統是不成的。要將之變為「國教」我更不贊成。在二千多年歷史中，儒家對中華民族的長存有了不起的貢獻，但受封建皇朝利用，到後來還畸變出「吃人禮教」，但儒家之人文精神是中國文化中的重大資產。我贊成重建中國文化應是叫重建中國人文精神。還不單是儒家一家，而滲合道家與佛家，以及西方的理性主義、民主和人權的觀念，以迎接二十一世紀的來臨。

第121期，1994年6月

沒有見面禮的中國

陶傑在《星期天周刊》的專欄文章《教英國人行禮的日子》，十分有趣。原來他在英國的時候，外交部有個海外發展的培訓班，專教英國的志願到海外工作的人，學習各民族的風俗習慣，以便到了外國能夠適應生活。陶傑也是導師之一。

其中一個項目，是來自不同國家的人向英國人示範見面禮。如尼日利亞導師示範非洲人的見面禮是互擊兩掌，智利則是連串的吻面頰。輪到陶傑，中國人的見面禮是什麼呢？他怎麼都想不出來，既不能像《西遊記》孫行者那樣「深深唱一個喏」，也不能像《水滸傳》潘金蓮那樣「欠身道個萬福」，便以武俠小說裏的「青山綠水，後會有期」，抱拳而別來搪塞，說中國人沒有見面禮，只有分別禮，逗得眾人大樂。

我們想想，今天中國人確實是自己既沒有見面禮，也沒有分別禮的，一切都以西方的握手代替。雖然我們都習慣了，但反省一下，為什麼號稱禮義之邦，連最簡單的禮儀、有中國特色的禮儀，都消失掉了呢？

中國傳統的禮儀，也還是有的，正像陶傑所說是存於小說中，但也存在於舞台上，譬如京劇。點頭、抱拳、作揖、鞠躬等等，同時，在古典文獻記載中也找得到，但就是不見於現實生活之中，百多年來都被淘汰了。

因此當我看到「雲門舞集」有次謝幕時，男子深深鞠躬之外，女子雙膝前後微屈，雙手放於右腰，兩手手指還扣成花式，如此行禮，甚有古風，使我直覺地認為這就是古代的「襝衽」，大概是古代女子的見面禮，優雅極了，不禁心花為之一放。

論到古風，我們仍可在今天的日本和韓國人中見之。有次和韓國朋友吃飯，臨道別時，和兩位丈夫握手，倒也自然得很，但當我向兩位太太伸出手來時，她們卻不伸手，弄得我有點尷尬，她們深深地鞠躬，我亦照樣回禮。韓國仍然保持傳統的禮儀，而我中國人沒有，我內心不禁有點羞愧。

日本人也保存古風，與韓國人一樣，對他們自己本國人，不管見面與道別，也還是深深的鞠躬。男的與外國人握手，但女的就不一定了，也是鞠躬，特別是在穿了和服的時候。每年領事館日皇誕辰的酒會，我見得習慣了。

陶傑說：「這一代的中國人是粗野的民族，從來沒有什麼見面禮。」當然，也還是有禮的，不過是西化了吧。而且也不僅是沒有見面禮，連婚葬嫁娶的儀式，也都是雜亂無章的。

這是一個偉大文化崩潰的必然結果，是百多年來逐漸形成的。所以說摧毀一個文化很容易，建立一個文化很困難。連最平常的見面禮的建立也困難。

為什麼當年我結婚時，在開席前要舉行一個十分鐘左右的簡單儀式，很多親友稱讚，連十七歲的世侄也覺得很好。既現代又有傳統精神。為什麼創建諸友要辦「盤古華年」，也是以現代形式來表現傳統精神。可惜的是，不能推廣，不能成為社會風習，這也是無可奈何的了。

第122期，1994年7月

交友與「和而不同」

讀林語堂《蘇東坡傳》，說到蘇東坡朋友的情誼，令我很感動。他貶到惠州的時候，他的兩個兒子住在宜興，沒有收到父親的消息，心裏很掛念，有一位他的朋友卓契聽到了，就說：「咦，簡單嘛！惠州又不是在天上，你一直走，總會走到嘛。」卓契就真的長途跋涉，徒步行了七百里的路，翻山越嶺，為蘇家子女和親朋帶信息。到了惠州，臉孔曬黑，雙足也起繭了。

又有一位陸惟忠，蘇東坡寫信告訴他，說他發現了一種新酒「桂酒」，是天神的甘露，開玩笑的說，單單為了這桂酒，便值得來一趟的辛勞代價。陸惟忠就真的來了，據林語堂說，他竟走了兩千里。他當然不足真的為了喝酒，而是為了看望久別的朋友。我也不知道林氏所說的里數是否誇大，又是否真的是全部步行。但在那個交通不便的時代，總之是極之艱難的旅程，顯出友情之難能可貴。

我總有一個感覺，古人是比今人更為重視友情的。不僅是友朋之間，人與人的關係，父母子女、親戚鄉鄰、老師學生、同學同事，古代比之現代，情感也深厚得多。究竟是甚麼原因，難說得很。人的交往更頻密、更錯綜複雜、通訊的方式和工具更多更便利，卻反而更見感情的疏離，反覆變幻，是現代社會的常態。

就以林語堂和魯迅的交往來說，他們本來是很好的朋友，原先志趣和文化理想都相當接近，同在北京女師大教書，後來又在廈門大學同時任教，還是林語堂聘請他去的。但後來終於交惡，分道揚鑣，永不來往。兩個大文豪，竟至互不相容的地步，是很令人惋惜的。

他們的關係，我是比較同情林語堂的。魯迅不贊成林語堂的思想路綫，對他辦《論語》雜誌所提倡的「閑適、性靈、幽默」文學主張，寫信勸他不要搞這種「無聊」玩意。魯迅是革命的、激進的、戰鬥的，林語堂則反是，他是逍遙派、漸進派、溫和派。這種個性和思想的相異，終於使他們的友情凶終隙末。

我之所以比較同情林語堂，是基於一個問題：即交友是否要對方跟隨自己的思想路綫，是否道不同就要「割席」？魯迅為甚麼不能採取容忍的態度，讓林語堂順着他自己的志趣去做他的事情呢？為甚麼要以自己的意志加於朋友的身上呢？林語堂並沒有要魯迅跟隨自己，倒是魯迅有意要林語堂跟隨他。

這使我悟到一點交友的道理，凡是主觀意志極強、堅持自己信念，而又要別人與他信念相同的人，交友是有困難的。因為他有領袖慾、有某種霸氣，非要別人受他影響不可。這種人你只可以做他的追隨者，做他信念的附從，那就不是朋友，而是領導與被領導的關係了。如果你有自己的信念，不能跟隨他的信念，便只有敬而遠之，朋友便做不成了。

孔子說「君子和而不同」，實為交友的至理，彼此友情和好，而又容忍和尊重彼此不同的意見和思想，才是君子之交。我相信蘇東坡是做得到的，林語堂也是做得到的，魯迅卻不一定做得到，這是性格使然，並不影響魯迅文學成就的「偉大」，但論到交友，他自己站得太高了。

第163期，1997年12月

先秦文化是痛苦結晶

春秋戰國時代思想、學術、文化，百家爭鳴，百花齊放，光輝燦爛，是中華民族的驕傲，歷代推崇，直至二千多年後的今天，仍給中國人以無限憧憬，希望仍能重現。可惜二十多個世紀以來，只在五四曇花一現而已。

不過，如果我們想到春秋戰國的背景，當時那樣的現實，是否還要再來一次？卻不得不有所猶疑。因為學術文化誠然燦爛，卻是一個痛苦時代。似乎可以這樣說，原來那時代出現了那麼多思想學術的奇葩，是從痛苦的孕育中誕生的。

那是一個大分裂、大動亂的時代，不斷的征戰、無盡的兼併，人民的生活很苦，社會十分混亂。孟子說得好：「春秋無義戰」，不義的戰爭頻頻發生。他又說：「世衰道微，邪說暴行有作。臣弒其君者有之，子弒其父者有之，孔子懼，作春秋。」也就是說，那是一個亂世，是我們不希望出現的，學術文化思想的光輝，卻是我們所企盼的。如果兩樣要一起來，便等於是黑暗與光明同在，希望與絕望同存。是不是有人會想，那我們情願不要學術文化，只要一個沒有戰爭的、和平的、人民安居樂業的世界？正像我們常常嚮往陶淵明所虛擬的「桃花源」那樣，那個「桃花源」，不講甚麼學術文化思想，卻正是春秋戰國時代所興起的老莊哲學的亂世的反照。

中國有「亂世出英雄」的說法，春秋戰國確有不少英雄，但亦可以說「亂世出文化」，或者說「亂世出思想家、出聖哲」。中國有句話說：「殷憂啓聖、多難興邦」，深重的憂慮會啓發出聖賢來，多災多難的國家會興起。多年前港臺吳明林兄在一次訪問中，我說了這句話，他認為這是一種悲哀，確實是這樣，難道沒有憂患就不可以出聖賢，沒有災難就不可以興邦國嗎？

在春秋戰國那個時代，多難卻不一定可以興邦，因為國家給兼併了，給滅亡了；但殷憂卻可以啓聖。當然，諸子百家不一定是個個都屬賢屬聖，可以這樣說，諸子百家的興起，是對時代的反應，是亂世對他們的刺激，尋求治世之道，如何使國家安定，使人民生活過得好，使社會有秩序，人人有道德，和睦相處。孔子孟子的憂患感是最重的，他們的思想是從亂世的苦痛中啓發出來，而在歷史上也被稱為「聖人」。

孟子痛罵楊朱與墨翟，然而這兩家學派也是時代的反映。楊朱講「為我、重己」、「拔一毛而利天下而不為」，試想在戰亂頻仍中，朝不保夕，那能顧到濟世助人，只求自保自利，正合許多人的人生態度。反之墨子反對戰爭，提倡兼愛，摩頂放踵以利天下，亦是對亂世看不過眼而有此精神，是時代對他的刺激。至於法家，則以全面管制、嚴刑峻法以求治。道家則認為要復歸本性、順物自然、小國寡民、無為而治，才能使這紛擾混亂的世界得到平和安樂，正像上述陶淵明桃花源境界，陶淵明所處的時代，亦是一個四分五裂的亂世。

我所要說的是，儘管我們希望先秦那樣的燦爛文化能夠重現，但千萬不要再有亂世。既是文化學術發達，又是太平盛世，才是我們的真正希望。

第165期，1998年2月

關於《論語》的編輯及其他

林語堂深愛《論語》，所以他在一九三二年創刊兼主編的雜誌也叫《論語》，是半月刊。他認為孔子有幽默感，有人情味。孔子的《論語》是「語錄體」，林語堂的《論語》也提倡「語錄體」，也提倡幽默。他說：「《論語》是一本好書，雖然編的太壞，或可說，根本沒人敢編過。」

可見，一部好書，甚至歷代視為「聖書」、「聖經」的《論語》，如果編得不好，是會為人詬病的。如果編得好，卻更能彰顯它的效用與價值，使讀者易讀易查。《論語》如果有人能分清章節，以內容分類，各立標題，就會眉清目秀，等於畫龍點睛，便好看得多了。

《論語》是孔子的弟子及他們的再傳弟子，記錄下孔子的言行，本來就是你記一段、我記一段，雜亂無章，理應加以分類編排。而且這些弟子的記述，本無時地之限，不是孔子在什麼地方、什麼時候說的話、做的事，根本就沒有必依的時地次序，大可以打散它現在亂堆一起的固定模式，重新編過。那就功德無量了。

譬如說不要現在的章名，另立標題。現在的章名，都是以頭一句話的二三字為標題的。如「學而」、「八佾」、「里仁」等等，根本不能代表此章的內容。《孟子》一書也是如此。這是偷懶的做法，據說《論語》現在通行的本子，是東漢鄭玄編輯而成，也許鄭玄不是偷懶，而是像林語堂所說的「根本就不敢重編」，既是「聖經」，怎敢動它原來的樣貌？

假如有人能把《論語》中的話語歸成各類，另定章節和標題，譬如說「孔子論仁」、「孔子論政」、「孔子論孝」、「孔子生活」、「孔子和弟子」等等，也可以不用孔子二字，因為這裏面也有弟子們的話。如此一來，要查《論語》的各種題旨，及原來的話語，在目錄上一索即得。若更編附索引，則更加簡便快捷了。不似現在要查一句孔子或其弟子的話，往往要翻遍全書，廢時失事。不少人引述《論語》上的話，往往引錯，張冠李戴，不是孔子說的也說是孔子說的，例如《中國可以說不》的作者寫道：「孔子曰：吾日三省吾身」這句名言，不是孔子說的，而是曾子說的。這是淩厲攻擊美國的書籍，如果給美國漢學家說你連孔子的話也引錯了，試問多麼無癮。

說到《論語》的編輯，使我想到台灣兩套大書的編輯。一套是柏楊版的《資治通鑑》（遠流出版）。它比原版的《資治通鑑》，易讀、易明、易查得多了。它分成七十二冊，每冊給以一個新標題，標示其中最突出的史事，十分醒目。又在目錄內標示每個年代的重要事件，再有一篇前言，寫明本冊的時代特點，用公元年號，註明現代地名，用現代官名，等等，有脫胎換骨之功。

另一套是《中國歷代經典寶庫》（中國時報出版），主編高信疆把四十多部典籍，分別再起一個現代書名，清新可喜。例如《聊齊誌異》為《瓜棚下的怪譚》、《顏氏家訓》為《一位父親的叮嚀》，等等，等於重新化裝，親切多了。這兩套，都顯出編輯的大才。

第172期，1998年9月

中西之間

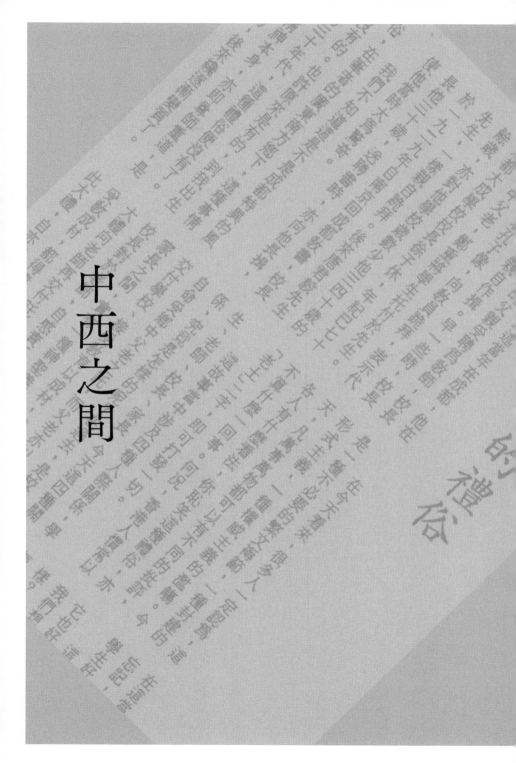

擺盪的文化

中國知識分子在這一百多年來，在很多看法上都處於「兩極對立」當中。所謂「兩極對立」，乃是在大肯定與大否定之間對壘。譬如說對於中國文化，就有人徹底加以否定，認為對中國有百害而無一利，要全部消滅之，否則中華無以再生。但亦有人認為，中國文化是民族的命脈，是極可珍貴的遺產，必須發揚而光大之，甚至認為可以「拯救」世界云云。這樣的衝突矛盾，有其可笑的成份，因為對同樣的一種事物，世上很少有如此截然相反的看法的。

我們對自己的文化，往往馬上就下無可妥協的判斷，例如說中文是落伍的，必須拉丁化，另一方卻說方塊字是世上最優美的文字。從文化、文字說到中國民族性，也一樣是下了全稱的命題，中國人是美麗的，中國人是醜陋的。如此一正一反的態度，本來就具有非理性的成份。在公說公有理、婆說婆有理之下，我們只能說中國文化既優秀而又有缺失，中國文字既落伍而又進步，中國人既醜陋而又美麗。因為我們若不偏幫於任何一方，站在不歸於楊即歸於墨的地位，則只可以這樣說了。

百多年來文化上如此的對立，即可以看出來，中國之路未定，中國人還找不出自己文化的方向來。無論是大否定也好，大肯定也好，都還只是在那裏上下浮動，左右搖擺，我們還很少見過一個國家，有同樣的情況的。

有正有反，必有合，無論從辯証法，從道家，從易經太極説，都是如此。但我們還遠遠未到「合」的階段。我想一旦到了「合」的時候，就是中華民族真正振興、對世界人類產生貢獻的時候。

中國數千年的文化歷程中，有一個別家所不能的特點，就是最長於「合」。太極圖有正有反，相生相尅，卻是一個圓形的相合的整體，即是中國文化「合」的象徵。鬥爭與分裂，並非中國文化的特色，而是歐洲文化的特色。想想我們的文化經過多少「異族同化」的過程，我們如何融攝種種相異的思想，即具見此種「合」的力量。如今在文化觀念上仍然正反對立，則顯見我們的同化力仍未恢復，中國文化之路還在找尋。

第１３期，１９８５年６月

空靈的智慧

空靈的哲學，大抵是中國人特有的。從空靈中，最可見中國人的智慧。這空靈二字，西方是不懂的。大約十來二十年前，中國的道家思想與禪宗哲學，在美國開始流傳，美國不少「衞道」之士就大聲驚呼，這是危險的訊號，會導致美國人不思進取，他們說：這會使美國陷入「無為主義」之中，他們稱之曰：Quietism。

這自是大驚小怪、杞人憂天，像美國這樣的民族，怎麼會人人相信道家和禪宗，在中國也不可能。何況是競爭成性的美國。整個西方文化，可說都不懂空靈之道。最有趣的是，存在主義的沙特，不過提出了一個字：Nothingness，就鬧得整個西方思想界天翻地覆，好像是世界末日似的。

Nothingness 也者，不過就是說「空」，空無，無有，空空吧了。這個空字，中國人二千多年來，天天說、月月說、時時說，也不見得中國就沒有了，世界就空了，人生就沒有意義了，大自然就不再美麗了。相反，我們從「空無」中見出美麗，我們的山水畫，千年百代以來，不正是以其無盡的空間，來展示其空靈的美嗎？

沙特以Being and Nothingness來命名他的經典作。Being是有，Nothingness是無，前者是實，後者是虛。數千年來西方都只知追求前者，而不知有後者，虛實相生的道理竟然如此埋沒數千年。在他們拼命思索「實有」的時候，中國的老子卻在講「空」，他說：碗因為有「空」所以才能盛放東西，房子因為有「空」才能住人，天下間最大的聲音是沒有聲音的，最大的形象是沒有形象的……而在西方，數千年後當沙特說Nothingness時，竟比牛頓發現地心吸力更為轟動，可見中西兩方觀念上的差異，何其深刻？不過，西方人終於也講「空」，希望他們也能分享一點空靈的美麗。

第14期，1985年7月

痛定思痛話「五四」

最近大陸幾位年輕作家，倡議中國文化「尋根」，認為如沒有中國文化的特質，中國文學在世界文學中，也就不能獨樹一幟。寫《棋王》的阿城，寫《老井》的鄭義，對於五四運動打倒中國文化、摧毀和拋棄中國文化，民族文化的「根」從此被切斷，認為是對中華民族有害無益的事情。

同一樣的觀點，最近十年在海外年輕知識分子中間，經常為人提出來。在香港、在台灣、在歐美，認為要對五四運動認真反省和檢討，都是由於「文革」的直接刺激而來。在我的朋友中，當以白先勇、李歐梵、劉紹銘他們，立論最為明確。但這一個看法，卻從來未見在大陸出現。如今這幾位年輕作家，亦有同樣的認識，則這個觀點便顯得更為堅實了。

五四運動當然有其正面的意義。不費一兵一卒，以學生遊行示威，即保存了山東的權益，衞護了中國的國格。這是在喪權辱國的「次殖民地」處境下，中國吐氣揚眉的大事。此外，白話文運動、新文學運動，當然也有其正面的價值。至於德先生、賽先生的提倡，雖未見有任何成績，但也是對症下藥的口號。

我們唯一要檢討的，大概就是全面打倒歷史傳統、徹底否定中國文化所帶來的害處。這一種害處所帶來的負面作用，恐怕比五四運動所贏得的正面價值，還要大得多。因為中國文化是我們數千年來屹立於世的主要支柱，是我們全民共識共信共愛之所寄，也是我們每一個人人生價值之所繫，更是我們家庭倫理、交朋接友、家國社會的種種活動的準繩。當我們徹底打倒了中國文化之後，整個民族似乎自然失落了，四邊空蕩蕩的，似乎再無立足之處。日常行事做人，也似乎喪失了準則。

杜思妥也夫斯基在小說裏說，西方當宣告「上帝已死」的時候，「人」便什麼事情都可以做出來。中國呢？當傳統價值被斬斷以後，同樣，什麼事情都可以做出來。「文革」之所以做出這許多令人震驚的事情，正是文化斷根之後可以「無所不為」的反映。

如今大陸年輕作家，與海外同聲相應，認為要尋文化根，是個可喜的訊息。

第18期，1985年11月

即食文明和即食心理

近年來香港興起「粵語時代曲」，潮流好像是不知怎樣來的。這些歌曲，有少數是很不錯的，但大多數並不是好歌。鄧友梅對我說，他從電視上看到的歌，那些詞根本不通呀！我說我們已見怪不怪了。你稍安毋躁吧。

由於有些歌連一句都不成旋律，連半句都不合文詞，我就有點奇怪了。我就自問，難道這些歌手（包括天皇巨星），他們沒有一種音樂的美感修養的嗎？這種歌就不應該唱呀！它本來就不成其為歌，會破壞你的聲譽的呀！難道歌手真的不知道歌的好壞嗎？但我又接着想，也可能是不得不唱的吧。拒絕唱這首歌，會得罪作曲者、填詞者，樂隊也不高興，監製也認為你自大，有利益關係的唱片公司、電視電台等等，叫你唱，是給你面子，你怎麼好說：「這首歌我不唱！」

這都只是我的自問自答。後來我發現一個道理，便多少否定我上面的問答了。原來在這當中，歌圈裏有個不成文的標準，或者說是沒有標準的標準，原來，「新」，就是好。

我發現這個道理，因為我知道那幾首分明是好歌，旋律也好，歌詞也美，曾經轟動過幾個月、一年半載的，忽然都聽不見了，或者說變得非常「罕聽」了。我便自作聰明，認為所謂「唱片騎士」，也是以新為貴了。

劣歌因為它新，所以便賽過舊的好歌。

為什麼這樣呢？我認為這代表商品文明，也代表社會心理。歌曲是像商品當為新貨舊貨、新包裝舊包裝一樣對待的。舊貨，因為市場已經飽和了，要買唱片和錄音帶的都已經差不多了，於是要推出新貨、新包裝，來吸引購買者，來開拓市場。「新歌」之所以出現粗製濫造，乃因為大家都趕貨。

這種現象，當然符合一種供求定律，如果今日年輕一代，不是有一種「慕新」的心理，也不會如此的。他們這些購買者，其實也是以「新」為購物標準，不知其好壞，也不是從音樂美感來決定的。歌星之浮沉起落如此迅速，當然與這種心理有關係。於是也影響了投資者，賺錢者要「捧」哪個歌星的決定了。

要怎樣來稱這種現象呢？這種「隨取隨無」、「立求立棄」的現象，就是「即食文明」、「即食心理」的反映吧。

現代人普遍缺乏「永恆感」、「念舊感」、「不朽感」，是世界性的現象，而年輕一代尤其是有種「飄浮感」、「短暫感」，好像是世界上什麼事物都是隨時變易的，今天實在不知明天會怎樣。那種「即食」心態在時代曲上之表現，不過是這種普遍現象的一角反映。而香港青年這種感覺，更因香港這個關鍵時刻的特殊處境，就更為濃烈一些。

也許我們也可以見到，不少「愛情」也是即食的，婚姻也是，對自己的社會、鄉土、家國，也會「無悔」地隨時要離去。至於對職業之轉換，事業之隨機而變，投資之刻刻轉易，那更是認為一種才能，一種本領了。

那麼對時代曲的「即食」現象，好歌再不為人歡迎，我為什麼還要寫篇文章來慨嘆這般嚴重呢？

第45期，1988年2月

儒家和西方歪風

月前新加坡有一場為人矚目的辯論比賽，上海復旦和台北台大的學生，作首次之兩岸對壘，氣氛十分融洽而熱烈，台大學生以輕微之差敗落。

我很想知道他們辯論的內容，因為其論題頗有文化意義，那是「儒家能不能抵禦西方歪風？」台方執正方，輸了；說不能抵禦的復旦，贏了。不過辯論比賽是還要看詞鋒、風度等給分的。不一定完全是道理說得好就必定贏。

這個論題之難在於什麼是儒家，什麼又是西方歪風？要下個準確定義相當困難。儒家有「先秦儒家」（孔孟），有漢代儒家，有宋明理學。而什麼叫西方歪風，則更見複雜。

例如荷蘭少女控告父母未經她同意就把她帶到世界上來，要賠償一百萬美元，是不是歪風？美國小女孩因為父親打了她一記耳光，到法院控告父親要賠償三十萬美元，又是不是歪風？最近興起的「龐克族」、「雅痞士」，一者裝扮離經叛道，一者崇拜物質享受，又是不是歪風？再說下去就太多了，例如抽大麻、的士高、愛滋病……又是不是歪風？

這些西方文化零零碎碎的現象，也不是西方文化病根所在。說得更深奧一點，其實是人生價值的失落，人的疏離感的擴大，人的慾望之過度膨脹，把「量化」當為衡量成功的標準，過度發展而令到地球上生態破壞，資源逐漸缺匱，核子戰爭的危機等等，才是西方現代文化的危機。

但是這些問題已不僅是西方的、也是東方的、中國的、全球性的，你可以說是西方文化乃始作俑者，但這已經成為全人類都要承受的困擾。

面對這麼重大的人類問題，儒家能幫上什麼忙呢？想來真是千頭萬緒。拿儒家舊的一套來規範現代人的生活，重建一種「禮教秩序」，顯然是不成的。

譬如說人生價值的重新確認，人際間的疏離感的彌縫，儒家思想裏當然是有其功用。但也不能一成不變地照搬。因此儒家思想必須先做一番自我更新的創造，才能對現代文明發揮正面的功能。

荷蘭青年控告父母未徵得他們同意，就把他們帶到世界上來，要求賠償鉅款，而且獲百分之九十一年輕人同意和支持，這本身看起來雖然好像荒唐得不值一笑。自儒家文化來看更是「大逆不道」。但你怎樣用儒家觀點來說服他們，看來就是一個難題。

這些荷蘭青年這種態度，反映了幾個最根本的問題：他們認為生命並不珍貴，因此對父母給他們生命並養育不感恩反而認為是負累；他們也並不認為這個世界可愛，相反認為很醜陋，他們也不喜歡人類，既然如此，儒家思想又怎能令他們信服？

儒家先肯定「天地之大德曰生」，才能進而肯定親情、人倫、仁愛及於四海兄弟和萬物。而那些荷蘭青年卻先把生命否定了，進而又否定世界和人類以至他們的上帝。儒家思想對他們有沒有用呢？實際上現代中國青少年也有不少這種「賤生輕世」之傾向，這種「歪風」當然可怕，但儒家怎樣抵禦呢？

第49期，1988年6月

來自中國的衝擊

把讀書當為工作，是寫學術論文的學者要做的事情，尤其是寫學士、碩士、博士的學位論文，簡直苦不堪言。我的讀書卻是消遣，像逛街、遊百貨商店的心情。往書架上看看，那部書翻一翻，這部書讀幾頁，不花什麼精神，但有時也偶有所得。一得之下，覺得有趣，就去追查。但也是閑閑散散的，不像偵探那樣非要查個水落石出不可。

最近所得一趣，便是讀到上帝何時創造世界的故事。這我以前也看過，十分好笑。但不知這個故事也有中西文化的交流在其中。

原來，有位愛爾蘭阿麻（Armagh）一地的主教，他是十七世紀被認為有學問的學者，他覺得聖經上的故事，應該有個年月日呀！於是他就推算什麼事應發生在什麼日子，一一為之編年編月編日，得了個「聖經編年史家」的美銜。開宗明義，他得首先推定上帝於什麼時候創造宇宙萬物。

也不知他是根據什麼算的。總之他確定上帝創世是在公元前四〇〇四年的十月二十二日下午六點鐘！好傢伙，不僅有年月日，還有下午和鐘點。那麼，在此之前，世界宇宙是沒有的了。

這位名叫詹姆士阿瑟（James Ussher）的這種編年本聖經日記，居然也為歐洲人相信，實是妙絕，可佐笑談。然而後來也就不攻自破了。還是自中國來破之。

耶穌會是基督教系中被認為最有學問的教士，明清之際他們來華，把許多西方學問帶來中國，也把中國訊息傳回歐洲。據說是這些中國訊息也幫助了歐洲的「啟蒙運動」的催生。其中一個訊息是，中國文化源遠流長，早在公元前四千年左右就有了「文化」。

噯，上帝創造天地萬物，不過是在公元前四〇〇四年，怎麼中國早就有了「文明」呢？這當然給歐洲思想界帶來了重大的衝擊。難道在歐洲仍然一片混沌荒原的時候，中國在短短四年之下就受到了特別的上帝眷顧？

這又引生了另外一個懷疑，耶穌會教士傳回去說，中國有個孔丘，在耶穌基督降生之前五百年，就已有了一套道德人倫的教化。這又使歐洲人大吃一驚，原來不是說基督降生救贖世人，諸般善言善行，因而使人類感召到上帝由他而傳的道德誡命的嗎？哎噯！為什麼中國人這老早就有了這一套做人之道。原先他們認為沒有基督降世人類就不知怎樣做人的呀！為什麼中國獨異呢？

但這再又引生另一疑問：不是說上帝之愛普照人類，上帝恩寵澤及全人類的嗎？這些在中國的耶穌會教士，卻報道說他們中國人沒有上帝基督的信仰，他們有儒家做人與用世的道理。這簡直又是像晴天霹靂，因為人們問：那麼上帝竟沒有或不能把「愛」與「信」之光照到中國嗎？或中國人不必上帝之「愛」與「信」仍是一樣生活得很好很有道德嗎？

以上三問，就是自中國傳到歐洲，而爆發的啟蒙運動中的小小火花。由於從閑中讀到這樣的「知識」，不免亦為之引起一種「知性之樂」，可以浮一大白。

第59期，1989年4月

惹起大論爭的胡適演講

最近從台北《傳記文學》上，讀到胡適先生一篇最後的講詞，有名的《科學發展所需要的社會改革》。所以說「有名」，乃因為這篇講詞引起極重大的文化論戰，而以徐復觀先生最為憤慨，以《中國人的恥辱，東方人的恥辱》為題撰文痛斥之。

胡適這篇「亞東區科學教育會議」上的講稿，發表於一九六一年十一月六日，我早耳聞其名卻一直沒有機會讀到。如今細讀，發現其受到傳統文化學者「圍攻」乃是必然的。而「擁胡派」的科學主義者起而反攻，一場猛烈的論戰遂告展開。胡適先生於三個月後逝世。

胡適讚揚近代的科學技術精神，叫東方人學習這種精神，並沒有說錯。如果單單就此點發揮是不會引起大爭論的。問題出在幾句話、否定東方有所謂精神文明，說得甚為偏激和武斷。他說：

「我認為我們東方這些老文明中沒有多少精神成份。一個文明容忍像婦女纏足那樣慘無人道的習慣到一千多年之久，而差不多沒有一聲抗議，還有什麼精神文明可說？一個文明容忍『種姓制度』到好幾千年之久，還有多大精神成份可說？一個文明把人生看作苦痛而不值得過的，把貧窮和行乞看作美德，把疾病看作天禍，又有些什麼精神價值可說？……現在正是我們東方人應當開始承認這些老文明中很少精神價值或完全沒有精神價值的時候了。」

以上這段話，漏洞出自以「纏足」和「種姓制度」來否定中國和印度有精神文明。這些陋習雖然是歷史事實，但這些陋習不足以代表這就是中印文化的表現。印度我們不說，就中國而言，我們實在不能以起於五代南唐李煜的宮廷玩兒，儘管在以後禍及全國女性，因此來否自定全部中國文化。

因為精神文明乃是包涵極廣的東西，它在儒家仁愛、佛家慈悲、道家超脱、禪宗睿智中在在可以見之；又在文學藝術上屢現精神文明的光采。怎可以把「纏足」這個自宋大盛的惡習之存在，而否定儒道釋及文學藝術當中，所表現的人生智慧和人間感情？

把「人生看作痛苦而不值得過」，大概是指佛教，儒道兩者是沒有的。而胡適之犯駁，就因為這也是基督教對人生的基本看法。至於說：「把疾病看作天禍」，也是基督教義，近如二十世紀六十年代法國作家卡謬的名著《瘟疫》，也以此為題材，認為黑死病是上帝降罰要祈禱就成，而卡謬則以近乎儒家的淑世精神來治病救人。

但是我們贊成胡適所說，不應以西方文明是物質的、東方文明是精神的這種二分法來判分兩種文明。近代西方的科學精神上昇到理性主義，確是包涵着濃沃的「精神文明」的成份，而東方特別是中國確是也應該學習上昇到那個層次，這個層次可以醫治封建家長制、權力泛濫、獨斷權威而建立客觀制度。可惜胡適先生當時沒有説透。

第64期，1989年9月

地球危機與中華文化

西方發達國家已進入「後現代化」的時期，亦即是說「現代化」已經夠了，甚至過頭了，它已造成了人類和地球很大的危機，要立刻努力來解救，否則人類生存就受到嚴重威脅了。

科學技術帶給人類很大的進步，但科技的盲目發展，也正在給人類造成了毀滅性災難。大氣層開了個大洞，水、土、空氣都不斷中毒，森林日益枯竭，氣候愈來愈熱，各地氣溫反覆無常，造成天災，生物各有滅種之危，有很多亦已絕種，地球資源日益貧乏，核子戰爭的恐懼……似乎預示二十一世紀將是人類恐怖的世紀。

怎樣解救？現在人們提出的方法，不外是訂立本國法例及國際法例，制止使用某種危害地球生態的物品，將瀕臨滅種生物加以保護。或者是以科技方法來解決科技危機，如研究發明某種新能源，以減低地球溫度的上昇防止南北極冰山的溶化，或在太空掛個大屏封以遮擋臭氣層的大洞，諸如此類。

今年一月《時代雜誌》以地球為封面，特別說在古代當中，希臘和中國都是敬重大自然的，而基督教沒有這種觀念，今日的地球危機乃是人們不敬重大自然的結果。這個說法並沒有錯。

因為在基督教義中，日月星辰山川大地人類動植物，無一不是上帝創造的，上帝乃高據於大自然之上。此與中國思想不同，尤其是道家「天地造化」而創萬物，所以大自然本身就是終極的，其上再沒有上帝。

不過西方近世文明之對大自然的摧殘，那種無所不用其極的殘物、役物手段，與反上帝創造萬物的達爾文進化論不能說沒有大關係。因為「物競天擇、適者生存」的觀念，乃是萬物生存必須適應大自然環境乃至征服環境，否則會被淘汰。於是乃造成對大自然的奴役化。馬克思的唯物主義，也是如此。其中並無敬重大自然，大自然是個自成的有機體不容破壞的想法，是沒有的。

因此有人就想到，中國傳統文化思想中是否有足以解救地球生物危機的良方呢？

要解救這個危機，本質其實是人心和觀念的問題。因為上述的立法和科技的補救不足以治本，要治本必須人心觀念整個改變過來，才可解救人類和地球的困厄。

中國儒道佛三家的觀念如果能深植於人心，是否為治本之道？

道家認為大自然是個有機體，它自有一套生態秩序，你破壞它的一部分秩序，就會使全秩序失衡。而地球生態危機原因之一，是人們濫採濫伐破壞了它的秩序，特別是森林。

儒家提倡「愛物」、「節儉」。今天的地球危機乃是人們大量賤物、殘物的結果。發達國家的純消費主義，造成了大量的浪費，使垃圾廢物的處理變成空氣、土地、大海重大的負擔，特別是工業廢料。而在日常生活中人們的浪費物品遠超於他們所應享用的份量，尤其是紙張、塑袋、鋁料這些隨用隨丟的東西。更可怕的是浪費食用品。

佛家叫人不要「貪婪」，而大量浪費正是出於貪婪，貪婪出於「多慾」。人類物質慾望膨脹乃是富格社會、消費社會的特徵。

以上三個觀念，提倡而力行之，是解除地球危機的治本之道。

第66期，1989年11月

人之半牲畜化

湯恩比在《歷史研究》中，述及一些「被遏抑的文明」，由於受到殘酷生存環境的壓力，不得不表現出「人獸無別」的格局去應付大自然的挑戰。其特徵是「獸」變成「半人性化」，而「人」則變成「半牲畜化」（或非人化）。

讀到這裏，我每想起中國的農家，他們所付出的體力勞動，與牲畜其實沒有什麼重大分別。不過，我聽到一位高幹女兒所講的故事，尤其令我內心難平。

她說她到甘肅某僻遠地區探親，當地生活極之艱苦，但最缺乏的是水。每天要到幾里路的山上取水，整個地區就只有這麼一個山坡有點水。好不容易上了山取了一桶水，山路難行，蹌蹌跌跌的下得山來，水桶裏的水已剩下一半。就這樣，洗菜後的水用來洗臉，洗臉後用來餵畜，然後又用來澆菜。

為了半桶水，來回山上就這樣耗了大半天。那麼還有什麼精力和時間，來做其他事情呢？

事實上黃土高原都缺水，人們往往為了在那些半沙漠化的地方，挑取食水或冰塊，就耗費了一天大部分的精力。政府不設引渠或自來水管，人民向來逆來順受，認為這是很自然的事情。自甘於以人力代牲畜早就習以為常。

所謂現代文明，其總成就主要就是以機械代替人力，解除了人之「半牲畜化」的桎梏。在香港社會，體力勞動亦已減到最少。因此看不慣大陸上不少地區，仍然以純人力付出極大的勞動量。

港人坐兜轎上峨嵋山或其他高山，於心不忍。這種交通工具，數千年來未替，用現代文明眼光來看，它本亦與「獸轎」無別，不過是「獸力」所不能上者用「人力」來做而已。然而如果你因為一點體恤之心，轎伕還不快樂，這是他們唯一的生計。

你在今日的內陸，還可以看到一個人扛着百來公斤的木幹獨挑上山，或兩人共擔着二百來公斤上山，連在廣州居住的作家看到也不禁搖頭嘆息，而一次所得不過一二元人民幣，說來辛酸。這不僅是「人畜無別」，甚至到「人不如畜」的地步了。

有北歐朋友二十年前來港，我請他們吃廣東菜，他們看到點心妹身上掛着一盤點心叫賣，便認為不應該，他說為什麼不用手推車。我只好一笑置之。他們那時沒有看過長江邊上的拉縴夫，那是真正的人的「獸化」，可以稱為「獸船」。然而在沒有輪船的時代又有什麼辦法呢？

湯恩比舉出愛斯基摩人、波里尼西亞人及游牧民族等等，為「被遏抑的文明」。其特點是為了生存，放棄「無限複雜的人性」，而採用「固定不變的獸性」，為了生存而耗盡了本身的精神與體力，再也發展不出文明來。

幸而中國大地的自然環境豐饒多樣，並未曾全民族都變成「半人半獸」，因之也能發展出燦爛的文化。不過，在神州大地上，人之付出純體力維生而變成「獸畜化」，也還是不少。要到它絕跡的地步恐怕還是遙遙無期。

第67期，1989年12月

怕獸．殺獸．憐獸

羅素說過，人類的進程有三大階段：人與天鬥、人與人鬥、人與自己鬥。所謂人與天鬥，或有兩層意義，一是人從神權中解放出來，建立以「人」為本位的世界，不再像中古那樣「有神無人」。

第二層意義，大抵是指所謂「征服大自然」，亦即是開發自然環境以使人類過比較「富裕的生活」。

人類為「征服自然」而沾沾自喜，不可一世來慶祝「勝利」之際，卻帶來災難性的恐懼和危機。因為它破壞了自然，耗竭了自然，整個地球的生態失衡，到頭來害苦了人類自己。

這所謂「征服自然」的過程，亦有三個特徵，此即「人類從害怕野獸、到毀滅野獸，到憐惜而保護野獸」，即代表「征服自然」的完結。

人類自古害怕野獸，特別是猛獸，為時甚長，人類一直與野獸為敵，為了食肉，為了禦寒，為了猛獸不再為患鄉民牲畜，向來的獵戶被歌頌為英雄。尤其中國的武松，千古傳頌，但是在今天，武松居然去打殺老虎，則很可能被人痛罵，因為很多地方的老虎已被列為「保護對象」，中國的東北虎，華南虎，也給人類開始疼惜了。所以，武松不是英雄，正像身穿輕裘的貴婦人，已沒有過去的風光，動物保護者、環境保護者，簡直視之為罪人，因為正因她們這麼喜歡「人身獸皮」，動物才至於有絕種之厄！

今天也可以為武松辯解，因為當時猛虎食人為患，人人過不了崗，所以他是像周處一樣為民除害。況且，人家以自力來搏鬥，不像今天的人類，以槍枝和毒彈以及科學方法，對陸地、天空、水上的獸魚飛禽，大規模集體屠殺。

就在我小時候這麼早的歲月，母親嚇唬小孩，哄他睡覺，也還是老虎要出現來哄騙的。那時候我們不只怕森林的老虎，也怕天上的禿鷹，還怕水裏的鱷魚、虎鯊，想不到過了半個世紀，全世界都在呼籲要保護這些凶猛的動物。

所以人類大量砍伐森林，使獸禽沒有了居所，並不斷地集體獵殺，在水中的動物也一樣，人類近乎要趕盡殺絕，水土空氣嚴重污染，斲害了動物和植物的生機。

「征服自然」的後果是可怕的，它使我們有資源枯竭不知將來吃什麼的恐懼、叢林森林之破壞，有了所謂溫室效應，拼命耗費能源，使大氣層崩穿了一個大洞，工業廢料使空氣、水源、泥土都中了毒，不只毀滅了動物與森林，也有毀滅人類自己的可能。這一切都在於人類的不知自量以為工業和科技萬能，同時也在於人類的貪婪。

看來必須有一種新的人生哲學，一種新的人生觀、自然觀、宇宙觀。原來天地萬物有它們本身的生機平衡，你不能隨意去破壞它。我們必須認識，地球——原來像雞蛋，有殼與衣的保護，它脆弱得很。我們也應了解「天生萬物以養人」，不能「人無一德以報天」了。

第71期，1990年4月

文學傳記與紀實傳記

日本作家井上靖以八十高齡，寫了一部《孔子》，在日本引起一時轟動，掀起了「孔子熱」、「論語熱」。臺灣翻譯了中文本，我拿到手的那天晚上，參加徐四民先生的金婚宴，坐我旁邊的是藍真先生。我出示此書，他說，他在山東看到一部新出的《孔子傳》，厚達六七百頁，還沒有時間看。這部書，我至今還沒看到，不知寫得怎麼樣。有點「望鄉情怯」的意味，怕它寫得不好。而且我判斷不會是精彩的作品，因為至今近年，還沒有見到他人提起。

司馬長風先生生前，曾對我說中國至今沒有一本孔子傳而引以為憾，他頗有意寫一部，可惜未能達成心願。

無論你對孔丘讚也好、罵也好，一個影響這麼重大深遠的人物，中國人二千多年來竟沒有為他寫一部好傳記，也算得是窩囊的民族了。

甚麼是好傳記？關於孔子的故事自《史記世家》以來，資料是很不少的，可以編一大冊，但還沒有一部及得上西方名人一流傳記那樣的《孔子傳》。

傳記有兩大類，泛別之為「紀實傳記」及「文學傳記」兩種，中國的傳記局限於前者居多，極少見出色的文學傳記。我編過中譯的美國詩人卡．桑德堡的《林肯傳》，認為這是文學傳記的典範之作。如聞其聲，如見其人。而中國極重視傳歷記載，但缺乏這類可昇上文學殿堂的傳記作品。

紀實傳記有它的優點便是務求合乎事實，但缺點則是似未經處理烹製的「熊掌」。文學傳記則有礙於憑空想像，背離史實，如果文學傳記能以文學之筆而又不乖離史實，則自然更勝一籌。因為讀起來好看，而影響力又增強了許多倍。

井上靖的著作是文學傳記，所以能一時興起孔子熱潮，其故在此。但平心而論，這部「小說」對孔子的描述，其學問、人格、智慧、生平，未及於萬一。我以最寬容的態度來打分數，亦只可打六十分。不過，是一位外國人，也很難得。

數年前王賡武校長推薦港臺的「十本好書」，他介紹吳晗的《朱元璋》，說歷史也可以像小說一樣好看。這話是對的。吳晗寫朱元璋是以文學傳記的體裁來寫的。盡數消化材料以後，再將此人、此景、此情重現，而又不失歷史的真實，也真難為他了。

可惜，這種文學傳記的體裁寫來十分吃力，到了後半部他就力不從心了。我自己閱讀的經驗，後面部分已經索然無味，跟我翻閱二十四史的材料差不了多少，可見，要寫文學傳記是多麼難啊！

這是一種「還原事實」的功力，但傳記尤其困難，因為受到史實的限制。我們覺得《三國演義》好看，《三國志》絕不好看，原因在此。但《演義》被胡適等批評不合史實，而現代文學傳記則又要合乎史實，這就非大才不可了。

第89期，1991年10月

人與自己的鬥爭

羅素有句名言，他說人類的發展是：人與天鬥，人與人鬥，人與自己鬥。這樣講來，人類永遠是在鬥爭之中，永無寧日了。

人與天鬥我們大家都能理解。從初民時代，為了生存就一直與大自然搏鬥，克服自然環境，開墾種植，畜牧漁獵，抵禦野獸襲擊，遮蔽風雨，經過了百多二百萬年，到了今天，是天打敗了人類還是人類打敗了天？大自然是被征服了，今天人類反過來害了自己，要保護動物、植物和森林，要拯救空氣、水流和土地，要挽救整個地球。這場鬥爭是完結了吧。

人與人鬥不外是彼此戰爭，這也容易解釋。打開報紙，每天都有戰爭。因種族、疆土、信仰、主權、侵略與反侵略，因種種利益衝突，戰火處處。這是國際性的戰鬥。還有國內的戰鬥，個人與個人、團體和團體的戰鬥，恐怕是非到世界末日就不可能歇息的了。

人與自己鬥比較難於理解。好好的一個人，為甚麼自己打自己呢？真真是沒有道理的事，然而在二十世紀這種現象愈來愈普遍。為甚麼說二十世紀？我認為在二十世紀以前，人類沒有今天那麼「自由」和「獨立」，自由和獨立是很可貴的，但卻必須事事自己承受壓力、自我抉擇，這是很困難的事情。少不免在徬徨與抉擇之間徘徊不安。

在以前的日子裏，宗教信仰是人心的最大「安頓」力量。而社會規範也對人類的言行有很大的約束力，人生價值的道德教訓深入人心，如果現代人從這三種外在力量擺脫出來，無疑他在思想意識上是自由獨立了，但他信甚麼呢？依附於甚麼呢？遵從甚麼做人的原則呢？都成了自我困擾的問題。人與自己鬥的矛盾就出現了。

宗教信仰、社會規範、道德教訓，其實都指向一種總目標，是對人的慾望的約制。脫離了這三種力量，怎樣處理自己慾望的問題，便成為一種痛苦，是追求慾望的滿足還是淡化自己的慾望，成了自我的掙扎與鬥爭。

今天人類精神的困擾、心理的壓力、心靈的不安，是比上個世紀嚴重得多了。精神分析與心理治療也大行其道。心理不平衡、精神錯亂、人格分裂這些症候，現代人比從前的人多了起來，其實就是人與自己鬥的一種反映。

家庭的逐漸解體，婚姻的離合無常，父母子女之間的親密紐帶愈來愈鬆散了。人與人、人與社會、國家、大自然和宇宙，中西文化本都各有一套哲理和教義來解釋，從前為人們深信不疑。但在今天，可以見到這些個人與他人和大自然的關係逐漸疏離，人把自己獨立出來，卻又四顧茫然，不知怎樣走才好。正像存在主義者所描寫的，一個人孤零零的站立在荒島上，四面八方空蕩蕩，了無掛搭，走前一步便是大海。

很難希望每一個人，都能自我創立某種理性與道德，來指導自己的言行，如果沒有的話，自我鬥爭就免不了。這種鬥爭已經開始，相信仍會繼續擴大下去。

第97期，1992年6月

讀書與交友之間

讀書有時像交友，不知應跟隨誰、附和誰、相信誰。因為人的思想、志趣、傾好各有出入，你一一和他們交友，若歸於這一人，別一人便視你為異類。有些人的性格又特別有統御性，非要你順和他不可，要做到「和而不同」，難於登天。

讀書雖比較簡單，沒有人事人情的糾纏和衝突。但有時也受到同樣困擾，你不知相信哪一個好。譬如同是西方現代學問，將沙特和羅素同時擺在你的面前，他們的觀點與取向如此南轅北轍，你究竟相信哪一個？

我發現這與讀者的個性和志趣很有關係，也與他的年歲互為因果。年紀輕的人，可能喜歡沙特和他的存在主義，因為比較激進和浪漫，還有這麼一股「狂狷」的色彩。年齡稍長一點，或者會傾向於羅素，理性、清明、睿智，又有那麼一種灑脱的幽默感。他們文體和思路迥異。沙特的《存在與虛無》實在艱深。羅素永遠清暢，除了他的數理邏輯，不是本行就讀不懂。但羅素與沙特，若同時在你的思想上彼此親近，有沒有可能？

這往往是此一時彼一時。在我二十來歲之時，我記得我曾經對費希德十分崇敬，讀過他的《告德意志國民書》，甚至妄想是不是自己有一天，也可以這樣演講喚醒自己的國民。又曾經熱愛過拜倫的詩劇《該隱》，喜歡它那種反叛性。至於尼采，更不在話下，「超人」的觀念深深感染了我。血氣方剛的「崢嶸歲月」，總容易為熱切的激情所感動，情意總是重於理智的。還有對盧騷，不知有多喜歡。

因之，羅素批評他們的話，便根本聽不進去，甚至還引起一點反感，認為他太冷，太缺少熱情，太貴族型態。他把費希德、拜倫、喀萊爾、尼采、希特拉，都歸於同一類別。說希特拉是盧騷思想的產物，費希德是民族主義的極權主義者。從拜倫到叔本華到尼采到莫索里尼到希特拉，都是一脈相承的浪漫主義的反叛。本來，民族主義也好，浪漫主義也好，反叛也好，都沒有什麼不對，也不是優或劣的價值判斷，但一與希特拉、莫索里尼並列，還有極權主義，正是神憎鬼厭的東西，便覺得羅素大有偏見。

不過，隨着年歲漸長，閱歷既豐，再也浪漫不起來，更覺得羅素的講法或許也有道理，況且他有時也是充滿熱情的人，所以說有三種激情支配了他的一生；他也不是懦弱的人，所以曾為「公民抗命」而坐牢，為人類文化的長存而反核示威。但是他的清明理性，像是冷凜的冰川壓住火山的烈焰。

因此，我覺得羅素與沙特同時存在於心也不是不可以的，如果你不是要全面投入於某一方而成為他的「信徒」，而是能保持一點距離，站在欣賞者的角度，只取他可以為你補濟不足的質素。如果你的性情激烈而躁進，不妨讀一點羅素，冷一冷；如果你覺得自己淡漠無情，也不妨讀讀尼采或沙特，熱一熱。正像我們交友一樣，朋友間無論性情和思想如何不同，總有可以為自己學習和汲取的優點。也許正因為這樣子，才可以慢慢培養自己本身的學問和人格哩。

第105期，1993年2月

倫理的「時潮」與「零售」？

活地亞倫與養女「亂倫」案，他的辯護律師說，在「後現代」的時代，難免會發生這樣的事情。

聽到這樣的辯護詞，不知道有多少人反感，又有多少人覺得合理。在我聽來，是有點不以為然的。因為，如果這樣說是為人接受的話，則我們不知道應該把「道德」和「倫理」放到什麼地方。

我們也知道道德倫理規範，有時會隨時代和觀念而轉變，各個地方也因習俗不同而有不同的道德規範。但是，我們也了解並且相信，有些人生價值和道德操守，是會永恆不變的，也是放諸四海而有效的。否則，我們要古來的宗教何為？要古來的人生哲學何為？

我們是否可以說，基督教中古時代的許多禮儀、操守、觀念，特別是宗教劃一、否斥異端的規範和教條，不都是已經轉變了、取消了；中國儒家的「禮教」和習俗，不是一一被痛罵而丟進了歷史的垃圾桶了嗎？可見道德倫理還是有「時代性」的，並不是永恆不變的。

話雖如此，卻也不能否認基督和孔子的精神和價值，以及釋迦牟尼的信仰，蘇格拉底的理性，也還是至今對人類起着重要的作用，像日月那樣不可以代替的。譬如廢除了的「愚忠愚孝」並不是說現代中國人就可以對家國、對父母「不忠不孝」，「三貞九烈」的婦節固然落後，但並不是可代之以「人盡可夫」的「如娼如妓」，廢除的是不合理的部分，特別是那以道德為名來壓制人的部分。

正因如此，我們不能把「後現代」就難免發生這樣的事情，來為活地亞倫和他養女的行為開脫。撇開是否犯罪的問題不談，這種把道德或非道德的觀念和行為，以「時代」來分割的說法，一旦普遍開來，是非常危險的。因為這無異可以否認前時代的道德價值，過了現今的時代，又可以否定現今的價值，將來又有不同的價值，好像是貨品一時用舊了，不合時了，就可以丟棄，換上新的一樣。

而且，既有「後現代」，就有「現現代」，還有「前現代」，更可以有「新現代」、「超現代」，像服裝潮流一樣，時期的分割是可以愈來愈細、愈來愈短的。可以五年一變、十年一變、一年兩年一變，如果道德價值也隨時間而變的話，則道德價值亦成為可以「零售」的商品，可以早晚時價不同了。

這就變成一個價值混亂的世界，無可依從的世界，對於人的行為，很難確定一個共守的標準，是與非，對與錯，都可以憑一己的喜歡來行事，來解釋，來辯護，各種各樣的藉口就多起來了。特別是在兩性關係上，開脫的說詞實在多得很，不正常的性關係，可以說是「愛情」，是自由意志的選擇，活地亞倫及其養女都是這樣說的。但就是不能說這是「性的欲求」、「慾的衝動」，好像這就不能對「慾」加以「愛的美化」的包裝了。

古往今來，道德也者，不過是對「慾望」的約束、節制、安頓、淨化、昇華，離開了「欲」的問題，以至放縱了「欲」，卻諉之於「後現代」，儘管律師可以這樣說，但律師卻也沒有資格把道德倫理以時代來分割，來零售的吧？

第109期，1993年6月

「上帝死了」及「孔子已死」

「上帝死了！」「如果上帝死了，則什麼都是被容許的。」這是西方十九世紀的哲者和文學家說過的話，震驚了西方世界。

但是卻沒有人說「孔子死了！」「孔子已死，就做什麼都可以。」因為孔子不是上帝，上帝是不會死的。而孔子已死去二千多年，像蘇格拉底和釋迦牟尼一樣，是確確鑿鑿的歷史事實。

但是，上帝不會死，為什麼又說死了呢？這已是否定了上帝的永恆存在，天地萬物宇宙的主宰的份位了。因此這「上帝已死」的話題，或者可以解釋為上帝的死是死在人類的心中。

西方文化的價值根源，全部出於上帝，包括人倫、家庭、法律、善心、博愛以至於政治上的民主、自由、人權，幾乎無不藉着上帝之名而加以奠立，如果上帝在人心死亡，即表示人生價值根源的喪失，沒有了任何規範和誡律，當然是什麼事都可以做，可以無所不為了。

若是這樣來解釋，則「孔子之死」的後果卻是一樣，是人生價值標準在中國人心中的喪滅，因為我們的言行規範，亦是藉着孔子的人生哲理而建立的。二千多年了，與基督精神不相伯仲，是中國人的道德價值根源，中國人卻沒有西方「上帝已死」那樣的震驚與慨嘆。而且許許多多中國人，自「打倒孔家店」的口號以來，即以「該死」的態度來對待之。

這也是難怪的，因為叫這些口號的人，出自於愛國心切，認定國家之積弱，民族之屈辱，皆因中國傳統文化而起，而傳統文化主流乃是儒家，儒家的「始作俑者」乃是孔丘，乃將一切後代子孫之不肖與國家之禍患，統統歸罪於他了。

我們充份了解中國知識分子這種心情，多多少少有這種想法的人也很多，不過，我們卻不曾仔細的考慮及一旦「打倒孔家店」之後，中國人道德價值斷根的問題。這個問題異常重大，就像航船之迷失方向，在狂風巨浪中打轉。直至到了「文化大革命」，由於人生價值的喪滅，確是到了「孔子已死，就做什麼都可以」的瘋狂地步，才不免悚然而驚，倫理道德的人生價值不可無，否則，家庭、社會、國家和一切人間關係，就會大混亂了。

因此，「打倒孔家店」其實不是打倒孔子，而是打倒傳統的價值根源，這才是精神危機、道德真空的最大後遺症。我們可以打倒孔丘這個偶像，可以打倒歷代儒家被利用後的「吃人孔教」（這其實跟孔子本人學說沒有直接關係），但不能打倒孔子孟子所說的許多做人道理。仁愛怎麼可以打倒？禮義怎麼可以打倒？忠信怎麼可以打倒？慈與孝怎麼可以打倒？惻隱、羞惡、辭讓、是非的四種心懷，打倒之後又如何做人？

打倒一個文化很容易，建設一個文化很困難。炸掉一間大廈很快捷，築成一間大廈很緩慢，現在中國人就為重建文化大廈而徬徨。

第118期，1994年3月

讀鬥牛圖有感

最近在報上讀到一張照片及其說明，路透社發出，是個鬥牛的鏡頭。它說：「西班牙鬥牛士猶瑞克做完鬥牛騷之後，對準牛角放入嘴中，取悅觀眾。稍後，猶瑞克一劍刺死這條牛，獲贈牛耳及牛屍，並像英雄般由觀眾抬出鬥牛場。」

這是香港《聯合報》上的譯文：並不曾歌頌鬥牛勇士為「真英雄」，只是「像英雄般」而已。但是在場觀眾顯然當他為「真英雄」，究竟是不是英雄呢？筆者頗感懷疑。

我對西班牙式鬥牛向來沒有好感，二十多年前就曾在《明報》專欄上寫過文章，表示過同情牛隻多於讚賞「勇士」的感緒。而且我認為整個過程，沒有什麼「勇」可言，或者說，人類的勇敢，不應該是以這樣的方式來表現的。

從圖片來看，那個穿着錦衣的「勇士」正在把嘴放入牛角裏，我只感到輕佻和傲慢，他沒有對牛的生命有任何感覺，那頭「蠻牛」，此時已經疲累不堪，站在那裏一動都不能動了，身上還插上利矛，看來流血不少，都是這「勇士」加給牠的。牠那笨鈍的眼睛和垂下的頭顱，已到了任「人」宰割的地步，我反而為這頭牛有不平之憤。如果「鬥牛騷」就此結束，我也勉強可以接受，但「勇士」再刺以長劍，為了得到「勇士」的名銜和觀眾的喝彩，特別是那些「高貴女士」的，也可能是屬於「王族貴冑」的，一個眼神、一個微笑，一下揮手，一陣全場的歡呼，而把一頭本來毫不了解這種俗世的虛飾與浮名的牛的性命，純樸、善良、對人類最有貢獻的動物之一，白白的犧牲掉，人與畜究竟哪個高貴一些，我真有點疑惑起來了。

不要對我說人類在天天吃牛肉，兩者性質是完全不同的。我尊敬印度的「崇牛」，但我也不贊成人類戒吃牛。我所不喜歡的是這種鬥牛的無中生有的「勇敢」，那完全是人類在無聊的生命中追求刺激和嗜血的本性所使然。

牛本來不要憤怒，不要刺激，安安份份，但人類在驅趕牠到鬥牛場時，就在街道兩旁用聲音和動作來嚇牠、逼牠，使牠狂奔，到了鬥牛場，又以牠的天性弱點對於紅色的敏感來激怒牠，「勇士」一次兩次三次不成都要把牠激怒為止，以表現所謂「勇敢」，這算什麼玩兒呢？

當然，「勇士」也有生命的危險，間中也有傷亡的。但這是你自己挑來的，怪怨得「蠻牛」嗎？所以「蠻牛」得勝，一點都不必為「勇士」悲傷，甚至可以喝彩。因為本來就完全不關「蠻牛」的事。

中國少數民族也有鬥牛的活動，我亦看到過有關的圖片和報道，那不過是人與牛比誰的氣力大，如果人能把牛逼得後退、低頭、降伏，就成了「大力士」，也得到觀眾的歡呼和少女的青睞。並沒有西班牙鬥牛那樣的虛飾和嗜血。好像是多一點「文明」和對生命的尊重吧？

第123期，1994年8月

「五四」的人才味

上期我提到趙聰論「五四文壇」，其中有十三妹的文章，輯在趙著《五四文壇泥爪》的序言中。她對「五四」也有所評述，我上次未曾提及。她對「五四」下了一個精闢的譽語，謂之曰「有人才味」。

甚麼是人才味呢？她說，文化工作者本身像個文化工作者。五四時代的文化人，哪一個不是能獨當一面的大將？他們不但有文能文，還都哺育了後代的我們。儘管他們也在那裏相鬥相輕，但卻都是在為同一目標與理想而努力，堂而皇之的做文章、講話，大刀闊斧以身作則的掃蕩舊的，提倡新的，於是理直氣壯，每個人都自自然然，帶有那一份大馬金刀的大將威勢。

她借此大罵是時（六十年代）的香港文壇，說是只有打手與奴才，傍友與滾友，用色情與俠風拳影來號召讀者，「正像這幾天的香港一般，處處是垃圾的腐臭味」，哪裏有人才味呢？

十三妹的文筆尖鋭凌厲，讀來使人十分過癮，然而難免失之於偏頗和武斷，整體來說，她的勇氣和筆鋒，確是值得讚賞的。她有時候一矢中的，見解獨到，例如她說五四時代有人才味，便是言簡意賅、畫龍點睛之言。

五四為甚麼湧現這麼多的文化人才，她沒有說。那是時代環境所使然，而那個時代環境，是其源有自，逐漸形成的，就像一條大江，由遠方的源頭及沿邊的支流，匯集而成的那樣。那麼該是從鴉片戰爭、太平天國、洋務運動、戊戌政變、辛亥革命，一連串的歷史事件及民族掙扎，促發而成的一次文化大覺醒，認定只有文化更新和改造，才能使民族國家振興。於是人才輩出，如眾星乍現，紛紛以創造新文化為職志，鬥志昂揚。

當時的中國，傳統文化已經解體，國家分裂，沒有一種文化思想是籠罩全國的，也沒有一個政治力量統率全國，這種情況跟春秋戰國時代十分相似，同樣造成了文化學術思想百家爭鳴、百花齊放的局面。因為得到了最大的自由，為文化人提供了一個人人可以上台演出的歷史舞台。那能不促使文化人個個爭相表演，全力迸發才情呢？

這令我記起徐復觀先生所說的一段話。他說錢穆先生有次閑聊時對他說：在我們那個時代，一篇文章就能名動全國。這也許是在六十年代在香港或台北對他說的，指的是二十及三十年代在大陸的情況。好像是說，像你徐復觀現在寫那麼多文章，若在當年的大陸，早就天下聞名了。可見歷史舞台不同，效果自亦各異。

其實何止是一篇文章，一句話也能在當時震動天下，如「打倒孔家店」、「綫裝書都可以丟到茅廁」、「大禹是一條蟲」、「孝道是生殖器崇拜」，等等，都到了語不驚人誓不休的地步。是否標新立異、以求成名，那是另外一個問題。

五四新文化、新文學運動，就全面而言有其偉大的成就，但個別而言是否如十三妹所說的個個都是有文能文、獨當一面、大馬金刀的大將，則仍可商榷。就五四作品的文字、思想、學術性、藝術性而論，近一二十年正有人加以評估和質疑，不過當時人才輩出、開啟後代，倒是可以肯定的。

第158期，1997年7月

他們說上帝造人並不平等

人的行為，常以觀念來導引，觀念的不同，往往產生矛盾、衝突和鬥爭。這在現代世界似乎尤為多見。令人奇怪的是，對同一樣的思想、信仰、理論，白紙黑字寫成文獻，人人奉之若神明，卻也會有不同的解釋，形成了觀念上的分歧，勢成水火、互不相容。

《聖經》是西方的「真理」經典，卻也有南轅北轍的解釋。最近在報上讀到美國「雅利安人邦國」（Aryan Nations）的新聞，其組織宗旨崇尚「白人至上主義」，竟以上帝造人並非平等為據，與美國《獨立宣言》所謂「人為上帝所平等創造，賦與不可讓渡之權利」，正正相反。那麼，《聖經》怎能算真理？因為真理應該是顛撲不破的，人人看法都一樣的，決不能你說為是，我說為非，是非不一，何者為真？

這雅利安人邦國聲稱，人類的始祖亞當是白種人的祖先，並非所有人類都是亞當的後裔，只有白種人才是亞當的子孫。他們特別憎恨猶太人，視他們為魔鬼撒旦的後裔，必須消滅。既然認定白人是上帝創造的優選種族，對於其他膚色人種自亦歧視，黑人、黃種人、棕種人等自然亦被排拒，其領袖巴特勒公然說：北美未來是純粹白種人居住之地，其他人種將被遣回他們的原居地。沒有兩種文化、沒有兩種宗教，沒有兩種人種，能在同一時間居住在同一地方，其中一種必須離開。

這是很可怕的觀念，卻是藉着解釋《聖經》而來，上帝造了亞當，而亞當是白種人，這個觀念來自於《聖經》，無異是說上帝造人不是平等的。但上帝造人、人人平等、天賦人權觀念的亦是來自於《聖經》，事實上，這是在西方文化中，對基督教教義的最為偉大的闡發，帶來了民主、自由和人權，為世界所仰奉，揭櫫於美國《獨立宣言》之中，成為立國精神，可是同樣是在美國，竟然對這個闡發，向相反的方向走去，認為根據《聖經》，白種的雅利安人，是亞當後裔，高於其他種族之上。哪裏再有基督的博愛、平等精神呢？

據美國的「反種族歧視組織」「南方反貧窮法中心」的估計，雅利安人邦國可能在十四個州設有分部，相當普遍。而其他白人至上組織，在美國散佈各地，以南部西部為大本營，如「秩序組織」、「白雅利安反抗陣綫」、「美國三K聯盟」、「三K武士」、「白人愛國黨」、「國家同盟」、「盟約、刀劍及上帝的膀臂」、「民團議會」、「三K黨隱形皇家武士」，等等。

這麼多的白人至上組織，實在使人對所謂人類理性之說，感到沮喪。尤其在美國，經過林肯所領導的解放黑奴的南北戰爭，理應受到種族歧視的深刻教訓。其後美國又參與第二次世界大戰，在歐洲反擊納粹的日爾曼種族優越主義，在亞洲與日本的大和民族優越論對抗，怎可不警惕到褊狹種族主義的害處，豈料不然。

雅利安人邦國的這種思想，對《聖經》加以不同的解釋，顯然是借用《聖經》來加強白人優越論的權威性與神聖性，利用上帝來製造錯誤的觀念，從而導引出種族主義的歧視和鬥爭，這種觀念對人類世界當然有害，可是許多人卻是深信不疑。上帝造人並不平等這種想法，正是造成世界和平最大障礙的因素之一。

第166期，1998年3月

關於外介外言外論

中國人寫文章，常喜歡引述洋人的話，這是由來已久的了，大概自清末民初以來即便如此，愈來愈蔚然成風，於今為烈。香港、台灣、大陸以至海外中國人所寫的文字中，都極之常見。

我並不反對這樣做，還認為理所當然，因為這是廣納眾見、心胸廣博的表現。一方面是中國人不能自閉，必須追求外國的學問和世界的知識，以促進自己的進步，以豐富國家的學術文化；另方面，這是一個地球村，各國各族之間等於鄰舍，理應互相融通、交流和了解，那有關起門來不理鄰居說甚麼、想甚麼的道理呢？

不過，我雖舉雙手贊成中國人文章引述外國人的話，卻亦不免有點遺憾，因為外國人卻很少見在文章中引述中國人的話，不論是古代的、現代的中國人的話，都幾乎見不到，如果有的話，亦是像瀕臨絕種動物那樣的罕有，至少可以說，決不像中國人引述外人語那樣的多如牛毛。

是因為中國文字不為大多數外人所懂所以不為所知呢？是由於中國自古至今沒有甚麼值得別人引用的話語呢？是中華文化不為世所重所以不屑一顧呢？這些問題我都不能回答。不過在中外對比上感到好像有那麼一點點不平等而已。

不平等就不平等，沒有關係，我不是一個中國文化的自大者或自卑者，我尊重西方文化，認為中國應該向西方文化學習的地方至大至多，而且是必須的。但我對中國人在文章中引述和取用外人的話語，有三個「不」：

一是不應只出於自我炫耀。抬出這個或那個洋人學者的話語來，是為了顯示自己讀過這部書，知道有這個新知識、新觀點、新名詞而別人都還不知道，於是自以為了不起，只為了趕時慕新，驕於儕輩。這本來也不算甚麼罪過，但是似乎缺少了一點對知識學問的誠意，並不可取。

二是不應生吞活剝、不經消化。對於介紹新知識、新理論、新觀點、新名詞，應該是歡迎的。但是如果自己只是一知半解，甚或完全不解，就來引述和引用，卻解說得不明不白，令讀者渾不知道你說甚麼。連你自己都說不清楚的東西，為甚麼就急於向人推介呢？如果你完全消化了，說得明明白白，那讀者感激之不暇。這同樣，也是要基於對學問的誠懇態度。

三是不應盲目跟風，人云亦云。西方的現代知識和理論，觀點和看法，一波接一波，一浪接一浪，這個今天被推崇，接着被取替，那個剛冒起，接着又消沉，令人眼花繚亂，有時真有無所適從之歎。如果盲目跟隨就只是隨波逐流，同時亦有如夸父追日，永無盡頭。如果你有這樣緊追不捨的興趣和毅力，倒令人十分佩服，但是卻要了解你所跟隨的觀點和理論是否值得你這樣做。否則你今天所向讀者推介的東西明天卻被打倒了，如何交代？所以我認為應有自己的判斷力，審慮其對與不對，值不值得引述和推介，能向讀者說明其中的優缺點何在，這才可使讀者得益的吧？況且，這樣做的話，可以避免引述根本就是歪錯的觀點。

第170期，1998年7月